海外小説の誘惑

ピンポン

パク・ミンギュ

斎藤真理子＝訳

JN199335

白水uブックス

ピンポン　目次

ピン　10
ポン　26
ま、誰かはおごってやったってわけだよな　39
皆さん、うまくやってますか？　55
奥さんを借りてもいいかな？　86
17383457926299921対17383457926299920　105
セレブレイションを歌うクール・アンド・ザ・ギャングみたいに　132
良くも悪くも　153
九ボルト　168
シルバースプリングのピンポンマン　185

インディアンサマー、高い台、空っぽの球　199
ご苦労さまです、いやいや、どうも　220
せんきゅ、せんきゅ　233
昼の話は鳥が聞き、夜の話はネズミが聞く　248
も一度ピン、も一度ポン　267
カモン、セレブレイション！　276

あとがき　近くの卓球場に行ってごらん　279
訳者あとがき　285
Uブックス版　訳者あとがき　293

装画・挿絵：著者

安心して。
安心してもいいんだよ。

ピン

原っぱのど真ん中に卓球台があった。どういうわけだか、あった。そして古ぼけたソファーが、卓球台の横に無造作に置いてあった。革がすっかりはげちゃって、婆さんくさい感じのソファーだ。ソファーの向きはいつも違ってた。たいてい南、ときには東、そのまたつぎには、正確に東向きとはいえないけど——みたいな方を向いていた。ソファーの向きなんてどうでもいいようなもんだけど、いつも違っていたから、誰かが座ってたんだなという気が、した。その後ろに錆びた棚が傾いて立っていた。動かない、動くわけもない、その上戸も開かない、誰が見たって捨てられたに決まってる棚。ここで動物や鳥を見かけたことはない。目に入るのはときおり空を横切る飛行機、ぱらっと積んである角材、砂山、遠くに見える重機たち。いってみればそれがこの原っぱの生態系だ。

ずうっとむこうの方で工事の真っ最中だった。店舗併設のマンションを建てているのだ。際限もなく土を掘り返しまくってるところを見ると、とてつもない大規模団地になることは確実だ。だから初めてあのソファーに座り込んだモアイと僕が見たのは、空を横切る巨大なクレーンだった。それは、ちょっと見ただけでも何十メートル以上もある鉄骨の構造物を高々と空中に吊り上げていた。誰が見てもおおーっと感動するしかないような見事な眺めだったけど、僕たちは驚きもしなかったし、わあー、なんて叫んだりもしない。人より無感動な性格とかそんなんじゃなくて、つまりいってみれば、殴られすぎたからなんだ。

わあー

だなんてさ。どんだけハッピーな連中ならそんな歓声上げたりできるんだよ、と、轟音をたてて水平移動を始めたクレーンの動きを見守りながら僕は思う。脇腹がずきずきする。どうも、よくないところを殴られたらしい。僕はソファーに深く体を沈めた。急に立ち上がったりするともっと痛みがひどくなることを、僕は経験から知っている。目を閉じた。モアイもやっぱり痛いんだろうな、ウククッと声を出して体をうごめかしている。ソファーのスプリングが輪をかけて苦しそうにキーキー唸る。初夏の土曜日の午後だった。

わあー

今日は本当によくやられた。特別いっぱい殴られる日ってのがあるんだ。ひと月に二、三回はきっとある。どうしようもない。やりすごそうにも、やられる理由が僕にあるんじゃないんだから。キーッ、とまた金属音がする。錆びたソファーのスプリングはそのまんま、ぜんそくもちの婆さんの気管支みたいだ。僕も早くお年寄りになって、咳込んだりしてみたい。一気に老人になっちゃえばいじめられることもないだろうしな。いや四〇歳でもいい、三〇歳でも、二〇歳だってこれよりはましだろう。二〇歳。二、〇、歳。そんな年齢まで僕、生きてるのかな？　ぜひ生きていたいよ、お願いだから。それって夢とか、高望みなのか？

モアイと僕はワンセットだ。ワンセットで目をつけられ、ワンセットで呼び出され、ワンセットで殴られる。殴られる場所は特に決まってない。教室で、トイレで、屋上で、それからまさにこの原っぱで毎日殴られている。いつからかモアイも僕もそれを自分の日課と思うようになった。あんまり良い日課じゃないけどさ、それ以外の日課があったことがないから良いとも悪いとも思わない。

まあ、生きるってこんなもんなのかなって感じ。僕は一四歳だけどモアイはもう一五になったから、考えが違うのかもしれないけどね。ワンセットで殴られていても、僕らはわざわざそんなことを話し合ったりはしない。

モアイは無口だ。ほかの学校に一年通ってて、一年休んでこっちに転校してきた。僕が知ってるのはそれだけ。前の学校でもいじめにあってたのかどうかわからないが、とにかく無口だ。このあだ名をつけたのは担任だ。いやーほんとにそっくりだなあ、と言って担任は、南太平洋のどっかの島にあるという謎の石像の写真を見せてくれた。みんな聞き流してたから、ほんとにそっくりだったんだな。石像の名前はモアイ。それでモアイはモアイになった。いつ聞いてもうまいネーミングだ。

あれってもう、信仰の対象、みたいなもんなんじゃない？　と、ある女子が言ったのをちらっと聞いたことがある。僕がどうこう言える立場じゃないけど、それくらいモアイが超自然的・神秘的だってことだ——あの巨大顔面が。といってもモアイは、顔のせいでいじめられているわけではないんだ。理由はいくつかあるんだけど、まずはお金のこと。それに無口なのはいじめの的だし、そのうえ超能力があるというのが理由といえば理由だった。超能力。いつだったかそんなテレビ番組が話題になったんだ。スプーンを撫でて飴みたいに曲げてしまう超能力者が出演してた。「集中すれば誰だってできますよ」――たちまちスプーン曲げに成功したという話でもちきりになり、翌日の教室はまさに蜂の巣をつついたみたいだった。おい、お前もやってみろよと誰かがモアイにスプーンを渡したのが災難の始まりだ。おー、スプーンがほんとに飴みたいに曲がるじゃん。おい、こっち来いよとチスがモアイを呼んだ。もう一回やってみろよ。もう一回、モアイはスプーンを曲げた。

しばらくの間、チスはさかんにモアイを呼び出した。君ちょっと来いってさ、と伝言を伝えるのはいつも僕。場所は主にチスの手下どもが集まる倉庫の裏で、モアイはそこでまたスプーンを曲げた。うわー、超スゲー！　ときには夜に呼び出されることもあった。セブン-イレブンの隣の空き地で、チスの手下と、そいつらが連れ回してる女子たちの前でモアイはまたスプーンを曲げてみせた。きゃあー、もっと大きいのもできる？　もっと大きいのはだめだった。そのときからだんだんモアイの超能力はしぼんでいった。何だよお前、自分のチンコでも曲げてな。ある日、ひとりの女子がそんなことを言った。ひょっとしてお前、金持ってる？　チスが聞いた。困ったことにモアイのポケットにはけっこうな額のお金が入っていた。翌日、僕が倉庫に行くと、チスがぺっと唾を吐きながらこう言った。一人で来てどうすんだよ？　それで僕は、君、来いって、よ……とモアイに言いに行った。「来いよ」と「来いってよ」が確実に違うように、呼び出しの目的も確実に違うのだ。そして僕らはワンセットになった。

いっしょに殴られていっしょに呼び出されるけど、モアイと僕はほとんど話をしたことがない。来いってよ。来てみろってよ。とお互いの教室に行って、うつむいて呼び出しの合図をするのが交流のすべてだ。でもモアイには悪いけど初めのうちはめっちゃ嬉しかったんだ、だって友だちができたみたいだったからさ。あのことがなかったら、今ごろ僕たち親友になってたかもしれない。ワンセットになって間もないころだった。こいつ、見れば見るほど異様だよな、無表情で——超自然的・神秘的なあの巨大顔面がどうにもチスの神経にさわったんだろう。お前、感情ねーの？　とか言ってがんがんモアイを殴ったんだけど、モアイの顔には何の変化もなかった。マジ異常だよな、とくすぐったりいろいろやってるうちに奴の変態っ気が目覚めてきて、手下たちがくすくす笑いを始めた。おい、釘《くぎ》！　モアイのズボンを脱がせたあいつが僕にむかって言った。しゃぶれよ。はじめはためらった。でも殴られて二回ぐらい目から火が出て、気づいたらいつのまにかあいつの命令に従ってた（といっても、くわえただけ）。涙をこぼしたのはむしろ僕のほうだった。超自然の神秘が依然として沈黙を守っていると、しばらくして奴が肩をすくめた。やめろ。もういいよ、もういい。そのことがあってからはお互いの顔を見ることもなかった。ワンセットだったけど、そうだった。

釘。僕は釘だ。そう呼ばれている。チスが僕の頭をガンガン殴ってるのを遠くから見るとまるで釘を打ってるみたいだというんで、こんなあだ名がついた。おい、釘！　なんて呼ばれているのはおかしなことだが、それ以外のあだ名がついたことがないんだからどうでもいい。だから、いいともいやだとも思わない。でも、ほんとに釘だったらよかったなと思うときはある。壁にもたれてガン、ガンって頭をやられていると絶対そう思う、祈っちゃう、次に生まれ変わるときには釘にして下さいって。釘だったら、一生に一度殴られれば済むんだから。

案の定、頭がい骨にひびが入ったこともあったんだ。「石が飛んできて当たりました」でレントゲン撮って、「石なんですよー」と説明、仕上がってきた印画紙を見ても「石ですねー、絶対」で押し通した。医者が指摘した箇所には、ほんとに釘でも打ち込んだみたいにうっすらひびが入ってた。頭がい骨が治るまでチスは僕を殴らなかった。言語能力がはっきりと落ちたのは、いってみればこのときからだ。

僕は典型的ないじめられっ子だ。弱っちくて、びくびくしてて、目立たなくて、勉強もできない。得意なことが何もない。ないないづくしだ。何にも関心がない、何にも神経が反応しない、だから何も感じない、何も持ってない。ふだんはバクテリアみたいに身をひそめ、おい、釘！っていう声に反応する。体がひとりでにびくっと動く。チスの声ならなおさらだ。だから一段とかっこ悪い。その点がモアイとも違う。いってみればモアイは資金源で、僕は確実にパシリだといえる。モアイより下位に属する。前は人間だったけど、だから今は確実に人間とはいえない感じなんだ。釘と人間のほぼ中間ぐらいっていうか、ううう……それでもときどき涙がじわーっと出たりするから、まあ、そのぐらいなんじゃないかって。

いじめは二年生のときから始まった。理由なんてない。チスと同じ組になって、チスの目にとまったのが理由といえば理由だ。まずは殴られた。腕上げてみろよって言われて、それから脇の下を何十回も殴るんだ。顔は何ともないから気づかれないが、何日か呻いちゃうぐらいのひどい痛みだった。そうっと生えかけていた人生の翼、みたいなもんがそのとき、へし折られてしまったような気がしたよ。白い羽とかうぶ毛みたいなものが殴られるたびにこすれて毛羽立ち、抜け落ちていく。そんな気分だったんだ。

それが始まりだった。誰も僕に声をかけなかった。いや、かけることができなかった。僕はもっぱらチス専有の子分で、飯で、オルゴール、ＭＰ３プレイヤー、警報機、ペットの昆虫、ハンドバッグ、サンドバッグ、に、なった。どんなにやられても別にどうってことなくなるまで、まる一年かかった。あるとき不思議なほど気持ちが楽になった。これ以上悪くなることはないと思った瞬間、不安という感情自体が消えてしまったんだ。何もできず、そのことが何でもない人生というものがこうして始まった。

何でもないよ。ひどくやられた日には顔にも傷が残ったけど、僕の答えはずうっと同じだった。けんか、したの？　いや、転んだんだ。初めのうちは仕返しが怖くて、その後は、もっと立場が悪くなるかもと思って口をつぐんだ。ほんとに何でもないの？　何でもないよ。何でもない人生がこんなふうにして続いたが、何でもないといえないところが一ヵ所だけあった。爪だ。

十本の指の爪が全部、半分ぐらいに減っちゃったんだ。正確にいえばかみちぎったからだけど。死んじまえ——チスを殺したくなるたび、僕は爪をかみちぎった。爪は誰の目にもつかないし、どんなに痛くても声を出さないから。その点で僕は爪に関しては安心しきっていた。共稼ぎの家ならどこもそうだろうけど、うちの両親も僕の爪検査なんか一度もやったことがない。お前、手、どうしたんだ。割れた瀬戸物のかけらみたいになった僕の爪に目をとめたのはむしろチスの方だった。えーと、もともとだよとごまかしたんだけど、ぺっと唾を吐いてチスはささやいた。お前、俺のこと、殺したいの?

何でわかったんだ?

あれ以来、奴のことがさらに怖くなった。僕はもう爪をかまなかった。チスのことならノート百冊書いても足りないぐらい言いたいことがあるともいえるし、もう何も言うことはないといってもいい。存在自体疑わしいぐらいのワルで、存在自体を疑うことが不可能なぐらい並みはずれていた。あらゆる面でそうなんだ。何か口にしたら最後、必ずそれを実行する。髪の毛を引っこ抜くぞと言ったら、ほんとに丸坊主にしてしまう。腹を刺すぞといえば本当に刺す(ただちに病院に搬送、無事)。殺すぞと言えば本当に殺すだろうとわかっていたから、みんなチスの言うことを聞いた。

高校のワルどももチスにめったなことはできないという噂が広まっていた。暴力団の実力者がチスに目をつけているという噂にも説得力があった。何ていうか怖さの程度が明らかにずば抜けていたから。一体いつあんなことやこんなことに熟練したんだろうと思うと僕、とても理解できなかったな、だってあいつは腕力と暴力を使って人をだまし、そそのかし、まるめこみ、鼻先で使い、それを続けることができ、抱き込み、ぶちのめすが、説き伏せたり、まるく収めたり、人を操ったりもする……だからワルという単純な言葉でチスを説明しつくすことはできない。たとえばあいつが、気のきいたジョークを言いながらまるで友だちみたいなニュアンスで僕に接してくるときがある。ごくたまにだけど、そうすると僕、じわっと涙が出てくるのをどうにもできない。恐ろしい才能としかいいようがない。

世の中を率いていくのは二パーセントの人間だ。

担任の先生が口癖みたいにそう言ってたけど、ほんとだよねと思う。チスを見てると、そういう人間が確かに存在するんだってわかる。出馬して、演説して、人を抜擢し、ルールを決める——なるほど、納得だ。これだけ人間がいっぱいいたら、誰かが動かさなくちゃいけないわけだもんな。認めるしかない、残りの九八パーセントがだまされたり言いなりになったり、命令された通りに動くしかないなんてことは——だってそれ自体、彼らが社会の動力だってことを意味するんだから。問題はまさに僕みたいな人間だ。僕やモアイみたいな人間だ。そもそも、

データがない。生命力がないから動力にもならない。人員に数えられてないわけではなく、閉め出されてもいないが、自分の考えを表現したこともなければ同意したこともない。それでもこうし

て生きている。僕らはいったい、

何なんだろう?

チスの手下は全部で五人だ。野次馬まで入れれば何十人かいるだろうけど、この五人が手下の中心だ。実ははるか昔に国家の某機関が犬と人間のかけあわせを試みたことがある。人間の戦闘力を極大化させる実験だ。どこのSFだよって話で、そんな実験が成功するわけない。研究機関は閉鎖され、結局残ったのは犬と人間の雑種の赤ん坊たちで、この失敗作があちこちに安売りされた。そうとは知らないまま、奴らにぴったりのバカ夫婦がちやほやして育ててきた結果がこいつら——と考えるしかないほどの、腐った連中だ。

女子はもっとひどい。もとはといえば一九一〇年から二〇年の間にお生まれになった方々が、何の因果か一世紀あまりにわたって売春に身をお捧げになり、莫大な富を蓄積され、八〇歳になった瞬間に全財産をなげうって全身のしわをぴんとのばして——あそこのしわも——つるつるぴかぴかになれる超ハイテク全身整形を受けて一から出直し、一五歳になりすましているのがこいつら——と考えるしかないほどのあばずれどもだ。

なめな。

実際、その中の一人のアレを僕はなめたことがある（口をつけてただけ）。チスから電話で呼ばれたのに、体調が悪いとか言って援助交際に出てこなかった子だ。おい、釘！　チスはカバンを僕に持たせてその子の部屋に行き、ドアを蹴とばして部屋に入った。その子はただだるいだけにも見えたし、ほんとに具合が悪そうにも見えたけど、チスはマジでその子の髪の毛をほとんどひっこ抜いちゃったんだ。それから、トッポッキを作った形跡のあるフライパンを、容赦なくその子の頭にふりおろした。脱げよ。トッポッキの汁がしみついたタンクトップを彼女がおろすと、僕にまたあれをさせた。なめな。そしてケータイで写真を撮った。

一九一〇年に洗いかけてやめた洗濯物みたいな匂いが、脚の間から強く臭った。

要するに

そういう連中なんだ。二パーセントの人間のそばにはそういう連中がくっついている。よく体を洗いもせず、盗み、ピンハネし、援助交際をやり、その金を脅し取り、脅迫し、殴り、税金を一文も払わないで意地汚く金を貯め込む。それより許せないのはこいつらが、自分もその二パーセントのうちだと錯覚していることだ。陰に日向に悪いアタマを盛んにめぐらせて、そう思い込んでるんだ。

勘違いすんなよ、お前ら

あの原っぱはだから、いろんな意味でチスの手下どもにはお役立ちの空間だった。こっそりと悪いことをやるのにこんなにぴったりの場所はなかったと思う。そこにはもともとどぶ川があったんで、四〇分ぐらい遠回りして歩かないと行けなかった。でも工事が始まり、トラックが土でどぶ川を埋めたててくれたおかげで、学校の裏山を這い上がれば一〇分もかからずに行けるようになった。初めてそこに連れていかれた日もひどく殴られた。ソファーがある方のことは全然知らなくて、もっと近くの砂山の前でワンセットで殴られたんだ。チスの手下どもが帰っていった後も、僕らはしばらく横になっていた。ぐずぐずしてるうちにモアイがソファーを見つけたんだ。おしっこがしたいといって角材が積んであるところまで戻っていったけど全然帰ってこないから、どうしたんだろと思って後をつけてってみると、埋没という感じでモアイがソファーに座っていた。僕もその隣りにどすんと座り込んだ。ソファーは二人用で、どういうわけかその前に卓球台が置いてあった。

あの風景は今も忘れられない。

卓球台は、原っぱおよび全世界の集約、みたいな感じでそこにあった。梅雨明けの空は澄みわたり、台風が来る前の大気は静まり返っていた。そのためにいっそう鮮やかに見える赤いラケットと、そのまわりに散らばっているたくさんの白いピンポン玉が目に入ってきた。そして、誰もいなかった。

卓球、する？

モアイの声を聞いたのはそのときが初めてだった。おい、釘！　とは違うので反応が遅れちゃったけど、僕もうなずいた。そして黙って、僕らは卓球をした。卓球をちゃんと習ったことはなかったけど、どんなふうに打って、打ち返せばいいのかはだいたいわかってた。それがすべてだ。ピン・ポン・ピン・ポン・ピン・ポン・ピン・ポン。その音は異様にさわやかで、僕らは異様に気持ちが軽くなった。汗が流れた。殴られた痛さなんかはもう、汗といっしょに流れ出ちゃったような

感じで。そんなふうにして

僕らは卓球をするようになったのだ。

ふうー、と汗を拭いてまたソファーに座ったとき、痛かった肩と腰はすっきりと癒やされたようだった。あのさ……あのときの、あれな……ごめんな。どこからそんな勇気が出てきたのかわからない。でもそのとき確かに、無理やり飲み込んでいたピンポン玉みたいなものが口からポン、ポン、ポンと出てきたんだ。君が悪いわけじゃないじゃん。ピンポン玉を拾って手渡してくれるような感じでモアイが言い、それを僕は黙って受け取った。小さいけれど、まぶしいくらい真っ白なボールだった。

ポン

一クラスは全部で四二人だ。モアイのクラスは四五人。それが一五個集まって一学年を構成している。一学年の総人数は六三七人で、三学年を全部合わせて全校生徒数は一九三五人と算出される。これが僕の学校だ。市には合計三一校の中学がある。検索すれば、五万九二〇五人の中学生が市の一員として登録されていることがわかる。僕はその中の一人だ。

もちろんそれも僕の市を基準にしたときの話だ。市を全国に、またはアジアに、世界に、もしくは人類を基準として広げたら話は違ってくる。四一人に囲まれた中学生の感覚とは別次元で、この世界には無駄に人が多すぎてうんざりだ……っていうような話をしたときに——まあそんなことがあるわけはないんだけど——何でそんなしょうもないこと考えたんだよ？　なんて質問をしてくれる友だちがいると仮定して――そう仮定して、うん、お祈りしてたときにふっとそう思ったんだよねーって僕が答えたとする、そしてまたこれももちろん仮定だけど、お祈り？　何のこっちゃ？　って友だちが聞いてくれた――と――仮定したら……なんて思うけどやっぱ、

そんな友だちがいるわけない

僕は、ぼっちだ。いつも四一人の中にいるし、そして六三七人の卒業アルバムに写真が並ぶだろうけど、実際、一九三四人、五万九二〇四人、六〇億の人類が僕をとりまいてくれていると考えることも可能だけど――、結果は同じことだ。誰も僕に話しかけない。僕が話しかけることもできない。何も悪いことしてないのに、そうなんだ。どう考えてもこれは間違ってる。誰にでも、名前を知ってて、毎日顔を合わせる人間が四一人ぐらいはいるだろう。そんな、たかが四一人程度の人間が一九三四人と五万九二〇四人、さらに六〇億の人類を代表して一人の人間と対面しているんだと思うと、ひどすぎる。いったい、

お前ら人類代表なの？

神よ、何とぞ我らを見守りたまえ――って、だから僕もお祈りしてみたんだ。それは爪をかみちぎるのがひどかったころの大事な日課だった。殺して下さい。願わくは、死ぬか、消えるか、させて下さい。暗い部屋で爪をかみちぎる。その瞬間、ものすごい痛みとともに口の中に血が流れ込む。殺して下さい、お願いです。それでも伸びてくる爪や甘皮みたいに、次の日も次の日も暴力の触手はすくすくと伸び続けた。これ、ジャックと豆の木だよなあ？　このまま豆の木を上っていけば、いつしか空、いつしか雲、いつしか、死。

お祈りをやめたのは、家族といっしょにマレーシア旅行に行ってきてからのことだ。飛行機に乗って、生まれて初めて雲より上の世界に上ったのだ。これじゃ見えないよなあ――そのとき初めてわかった。六〇億と、五万九二〇四人と、一九三四人と、六三六人と、四一人に取り囲まれた中学生なんてものが見えるわけがないという事実が。いや、実は六〇億の人類だって見えないんだという事実が。いつしか雲、いつしか土、いつしか、生。

結局、人類の問題は人類にしか解決できない。友だちがいたと仮定して僕はまたそうつぶやく。神がいると仮定してお祈りをつぶやくのとはやっぱりちょっと違うよなと自分でも思う。僕はもう爪をかまず、誰にも助けを求めなかったし、僕は自分を救おうと思わなかったし、救うこともできなかった。おい、釘！　チスの声がした。六〇億の中でも最速のスピードで、僕は一目散にチスのところへ走っていった。

カバンを受け取って、僕はチスの後について歩いていく。ふああああー、お前、よく寝たか？　うららかなお天気そのものみたいなあくびをしながらチスが僕に尋ねる。ものすごく気分がいいみたいだ。寝られたかって――はい、うん。これがチスだ。昨日あんなにひとをボコボコにしておいて、今日は何事もなかったみたいに「よく寝たか」と声をかけてくる。ヘンなんだけどこんなとき、僕の目には突然じわぁーっと、くやし涙かうれし涙かわからない熱いものがこみあげてくるんだ。モアイは？　ど、どうしたかな。ヘンだろうけど僕は一度もモアイをかばってやったことはない。かばったところでどうなるわけでもないって知ってるけど、それが理由の全部ではない。

おい釘、そのカバンな、マリの奴の部屋に持ってってくれよ。う、うん、と答えてちょっとためらったけど、僕はすぐに方向変換した。おい、これ。振り向くとチスが千ウォン札を一枚、ぬっと突き出している。遠いからよ、途中で何か買って飲めよ。いいよ大丈夫だよと答えながらも僕はしわくちゃの札を受け取った。いつまたチスの気分が変わらないともかぎらないから。走っていけよとチスが言い、何か飲めと言ったそばからすぐに走れって何なんだよと思う暇もなく僕はただただだっと走り出していた。タッ　タッ　タッ　タッと走っていく僕を、登校してくる生徒たちが何でもないことのように見ている。四一人の、六三六人の、一九三四人の一部である瞳たちが、僕をすーっと透過して校門の方へ流れていく。

マリの部屋はめっちゃ遠い。誰かっていうとトッポッキの子だ。つまり一九一〇年代生まれの方だ。新興歓楽街の近くのワンルームマンションに住んでいるので、バスで行くと停留所が二〇とちょっとある。人類代表である生徒の群れが校門の方へ完全に流れ去ったあと、僕は一人でバスを待った。ハア、ハア、昨日やられた横っ腹がまた痛み出す。バスはなかなか来なかった。

ちょっとー、エアコンぐらい入れようよ、とバスの中で一人の男の人が叫ぶ。暑いといえば暑いが暑くないといえば暑くないぐらいの温度だ。運転手は何も答えない。ねえ、エアコン入れてよ。こんどは女の人が叫んだ。運転手は運転席の窓を開けて知らんぷりしていたが、ざわざわと抗議の声が続いたので黙ってエアコンのスイッチを入れた。過半数だったんだな。多数の、多数による、多数のための冷風が頭上の送風口から吹き出してきた。マリの部屋までにはまだ停留所が三つあった。

世界とは、多数決だ。エアコンを作ったのも、いってみれば自動車を作ったのも、石油を掘ったのも、産業革命や世界大戦を起こしたのも、人類が月へ行ったのも、歩行ロボットを作ったのも、スペースシャトルがドッキングに成功したのも、すっ、すっと追い越していくあの街路樹たちがあの品種であの規格で、あの位置に植えられているのも、すべて多数の人がそう望みそう決めたからだ。誰かが人気の頂点に立つのも、誰かが投身自殺するのも、誰かが選出されるのも、何かに貢献するのも、実は多数決だ。つまるところそうなんだ。

いじめられるのも多数決の結果だ。あるとき、実はそうなんだってわかったんだ。初めのうちは何もかもチスのせいだと思い込んでた。そうじゃない。僕をとりまく四一人がそれを望んでいるんだ。多数の、多数による、多数のための冷風がまた送風口から暴風みたいに吹きつけてくる。手を伸ばして送風口のバルブを閉めようとがんばってみたけど、故障したバルブのカバーの片方がフュー、フューと騒音を出し始めたので、またバルブを開けた。絶対寒いんだけど、僕はもう何も言わなかった。

エアコン切って下さーい、と叫ぶのは、僕をいじめないでよって大声で言うのと同じことだ。僕がそれをどんだけよく知ってることか。半袖の下の上腕三頭筋を手のひらでかばったまま、僕は時間が過ぎることだけをひたすら待った。多数の決定なんだ、がまんして従うしかない。うー、さぶっ！　と誰かがひどいくしゃみをしたが、車内はやがて静まり返った。人間は誰も、多数のふりして一生生きていく。

「お降りの方はボタンを押して下さい」を、僕は押す。カバンを二個持って立っている中学生に、過半数の乗客は何の関心も抱かない。多数のふりして、自分自身も無関心を装いながら——僕はカバンを二個持ってバスのタラップを降りていく。九時半、もう一時間目が終わるころだ。停留所の前には古い塾の建物が建っている。その屋上は逆光に照らされてひときわ高く見える。お降りの方はボタンを押して下さい——いっとき僕は、高い建物さえ見ればその屋上から飛び降りてしまいたい衝動に襲われていたものだ。お降りの、方は、ボタンを、押して、下さい。僕はほんとにそのボタンを何度、手探りしたことだろう。

物静かな良い子でした。信じられません。どうしてもうちょっと良くしてあげられなかったのか、悔いが残ります。とうとうボタンを押さなかった理由は——チスのためでもなく、僕がまだ生きる希望を捨ててなかったからでもない。涙を拭いて再び授業に集中するだろう四一人の「多数のふり」たちのためだ。自分から進んで僕をいじめたことは一度もないと信じてる、つまり人類の、代表の、過半数。もの言わぬ良い子である人類の過半数。実は僕にもうちょっと良くしてくれたかったという、人類の大多数。

ピンポン。ベルを押しても誰もいる気配がない。僕はもう一度ベルを鳴らした、また押した、もう一度押して、さらにもう一度。理由はただ、チスにカバンをここに持っていけと言われたから——ほかにない。外出でもしてたらやっかいだな、と思ってるとやっと声がした。だあれ？　チ、チスにいわれて来たんだけど。がさごそ音がして、まだ目が覚めてない顔でマリが窓を開けた。「何だ、あんたか」という露骨にむかついた表情。おはよ、と声をかけるより先に時間を聞かれた。今何時？　十時、ぐらいだと思うよ。光がまぶしいのかマリは目を開けていられない。ところどころ毛束をひっこ抜かれちゃった部分がこの間、けっこう伸びてきてる。マリはタバコをくわえ、故障したライターでカチカチ一生けんめい火をつけようとし、ライターを投げ捨てて言った、火持ってる？　ないよ。火も持ってないの？　タバコ吸わないから。じゃあカネは？　何とも答えられないでいると、マリが言った。じゃ飲むもん一本だけ、買ってきてよ。

タッ　タッ　タッ　タッと階段をかけおりた。理由はわからないが、チスとそのまわりの連中の頼みにはとりあえず体が反応してしまうのだ。頼みじゃないだろ命令だろ、という声が聞こえてきそうだけど——千ウォンを取り出し、そうだこれはチスがくれたんだもんなと自分を慰めて戻ってくると、マリはタバコを吸っていた。見えないけどテレビもついていた。暗い部屋の中からあーだこーだと、ホームショッピングのトークが聞こえてくる。はい、これ。飲み物とチスのカバンを渡してやる。何時に来るって？　知らない、ただカバン持ってけって言われただけだから。ぽん、ぽんと灰をはたき落としながらマリがうなずき、

上がってく？

と、言った。しばらくもじもじしてから、いや、と答えた。マリがぼんやりと僕を眺める。意外だという目つきだ。気の抜けた会話のすきまにホームショッピングの騒音が割り込んでくる。ボリュームを下げてあるのに、トークは意外にはっきりと聞こえるのだ。スラ印の即席韓牛カルビチムとカルビ焼きセット！　カルビですよ！　買い物行って調理して、おもてなしって大変ですよね？　でも、突然の大切なお客様にも、もう心配はいりません。それだけじゃありませんよ、職場の同僚だってうわーって歓声をあげてくれますよー。もちろん電子レンジでＯＫ、こうやってふたをちょっと開けまして……五分、たったの五分で、

おなかすいた。とマリがまた言った。僕は黙っていた。何かおごってくれない？　僕は黙っていた。おごってくれたら遊んであげる。僕は黙っていた。帰るの？　僕はうなずいた。もしかして授業でも受けるわけ？　マリは初めて笑いながらそう尋ねた。そ、そじゃないけどねという言葉が急に、突然の大切なお客様みたいに僕の口から飛び出す。超ウケた、という表情でマリがもう一度尋ねる。何かやることでもあんの？　とっさに答えが思い浮かばない。ないでしょ？　ないならさ、

卓球しなきゃなんないから

理由はわかんないんだがその瞬間、卓球しなきゃ――がひとりでに口から出てしまった。卓球？　うん卓球。こうやってふたをちょっと開けて？　みたいな調子で、マリが何回かラケットを振るまねをしてみせた。僕はうなずき、マリはめっちゃ笑えるという顔で新しいタバコをくわえてクックッと笑った。じゃあね。ピンポン玉みたいに軽やかに僕は階段をかけおりた。路地に出るとマリの声が聞こえてきた。振り向くと、タバコをくわえたままのマリが何だか大声で叫んでいる。何？　と首をかしげると、無念にも毛を刈られてしまった羊みたいな顔をしてバシンと窓を閉めて入ってしまった。羊毛みたいな煙が窓枠のまわりにもやもやと散っていった。

チスの手下たちは全員、マリと寝ている。僕が知ってるかぎりではそうだ。上がってく？　という言葉を聞いたとき、まずそのことが頭にあった。僕は、一九一〇年代（たぶん）にお生まれになったあばずれだという理由でマリを避けたわけじゃない。それがどうしたんだよって感じだよ、ほんとにマジで。人間なんて、神様が身をかがめたって見えないんだ。どんなに壊れてたとしても、人間については何も言うことなんかない。僕と同じく、マリはマリをとりまく四一人の人間、そいつらの多数決の結果なんだ。人類を代表してチスの手下は全員マリと寝てる。じいさん、おっさんがお金をやってマリと寝る。そうやって多数のふりをするんだ。セックスなんてしたことないけど、それは多数のふりをしてセックスするのがいやだからじゃない。理由はただひとつ、僕が誰とも

意味のある関係を

結びたくないからだ。ほんとに、いやなんだ。いっそマリが羊だったら僕、喜んでやっちゃってたかも。でも人間はいやだ。人間とは誰とも関係を持ちたくない、関係されたくないし、関係したくないんだ。頼むからって感じだ。なのに何で、なのに何で——僕をほっといてくれないんだ？　カツン、カツンと石ころを蹴飛ばしながら僕は考えた。午前中の通りは、石ころが思いっきり安心して一〇メートルぐらい転がっていってもいいぐらいすいていた。夢があるとしたら

平凡に生きることだ。いじめにあわず、誰にも迷惑かけずに、多数のふりの世の中を渡っていくことだ。常に一定の適当な順位を保って、人間ならまあそうなるでしょぐらいの悩み(個人的な)に陥ったら打ち明けられる程度の友だちがいて、卒業して、目につかない程度に道を歩いたり電車を乗り換えたりして、努力して、勤勉して、何よりも世論に従い、世論を聞き、世論を作り、めんどくさくない奴として世の中に通り、適当な職場でも見つけられれば感謝する、感謝するということを知っていて、信仰を持ったり、偶然にホームショッピングですごく良いものを発見するとか購買するとか消費するとかして、適当な時点で免許を取り、ある日突然職場の大切な同僚がおしかけてきたら五分、たったの五分でできるカルビチムでもてなすこともでき、君もまったくなあ、とかなんとか言いながらみんなを満足させてさしあげられる人物、僕もそんな人になりたい、でもそんな人になったら、

幸せなんだろうか?

バスは来なかった。もう少し待ってみた。十時半、二時間目の真っ最中だ。二〇といくつかの停留所を隔てたところでは――多数のふりした多数が、多数の、多数による、多数のための授業に熱

中しているのだろう。幸せ、なんだろうか？　人類にも二時間目はあるんだろうか？　僕はバスを待つ。どんなに考えてみても、

人類の本音がわからない。

ま、誰かはおごってやったってわけだよな

学校に戻ってくるともうチスの姿はなかった。手下どももチスについて街に出ていったらしい。僕は南北戦争終結後の奴隷みたいに——不安な中にも久々にほっとした気持ちで——弁当を食べ、お茶を飲み、机に突っ伏して、寝た。寝られ、た。目がさめたときはもう五時間目が終わっていた。異様に聞こえるだろうけれど、チスがいないとやることがない。

チスは来なかった。何回もケータイを確認したけど、呼び出しはない。だから家に帰っていいのかどうか判断できない。授業が終わるとモアイが僕を訪ねてきたが、こっちからは特に何のそぶりも見せなかった。どんな責任も負いたくなかったから。どうする？　モアイが、うちに来る？　なんて言ってくれることを期待したんだけど、思いがけず、卓球。という答えを聞くはめに。え卓

球、っていうんでちょっともごもご、やりとりがあったけど、とにもかくにも、卓球。という短いシンプルな答えによって僕らはもう一度原っぱに行くことになったんだ。毎日行き来しているこの道だけど、僕らはアフリカに帰還した黒人たちみたいに——空なんか見上げてさ——土を触ってみたりしながら——歩いていった。歩いて、いけた。到着すると、いきなりアフリカみたいな光景が目の前に広がっていた。

ソファーは西に向いていた。だから誰かがここにいたことは明らかだ。誰だろう？ ソファーにへたりこんで僕は言った。卓球台も棚も何もかも元のままだったが、違っていることが一つあった、ラケットとピンポン玉が見当たらない。原っぱのずっとむこうの工事現場を眺めながら——僕は、あそこからここまで歩いてきて卓球を楽しむ作業員がいるのかな、と単純に考えてみた。モアイは何も言わなかった。

それってどういう人生なんだろ。数十トンの鉄骨を積んで、機械を動かして（免許をとるのは基本ってことだな）、照りつける太陽の下で店舗併設のマンションを建て、何よりも汗を流して——昼飯を食べた後、何百メートルも歩いてきて卓球を一試合やるという人生。幸せ、なのかな？ いじめられっ子なうえにピンポン玉もラケットも持ってない僕にはまったく想像が及ばない。ピン、ポン、ピン、ポン、さあお仕事の時間です、と原っぱを飛び出すシマウマの群れみたいな男たちを思い浮かべた。幸せ、かなあ？

いじめにさえあわなければ――僕だってそのぐらいはできる、できるはずだ、そのぐらいの自信はある。声が大きくて、草原の端っこからも見えるぐらいシマシマの白黒がはっきりした――つまり、常に好き嫌いをはっきり述べることができる――そういう人生を送れるかどうかだ。できるかな？　もちろん、いじめにあわなければその自信はある、けど、万一……万一いっしょに卓球をしていた同僚が……卓球仲間だとはいってもさ、ある日突然訪ねてきちゃったとしたらどうしよう？つまり五分でできるカルビチムとか……そんなものをあらかじめ買っておかなくちゃいけないのかな？　どうなんだろ？　考えるだけでも頭痛がする。

ねえモアイ……ぼんやりと僕を見ているモアイに僕は真顔で聞いた。冷や汗みたいなものが首筋を流れていく感じだった。君さ……ひょっとして、うちに遊びに来たいとか、そういうことある？モアイは、火山岩の表面にコケが生えてもいいぐらいずーっと虚空を見つめていた。そして石像の口が重々しく動いた。ない。

ありがと

僕はうなずいた。モアイといると楽だ。毎日……ここで卓球をしたらいいんじゃない？　とモアイが立ち上がって卓球台の角を触りながら言ったときも、だから僕はそうだねってすんなり聞けた。モアイなら、いっしょに卓球をしてもいいと思えたんだ。ケータイを一度確認してから僕はうなずき、良かったら今からラケットを買いにいかない？　とモアイが言った。今？　いつまたこんな時間ができるかわからないしさ。確かにそりゃそうだと思ったんで、もう一度ケータイを確認してから僕は体を起こした。それが台風の来る兆しだってことは後で知ったのだが——草原の果てに集まっていた数万人のズールー族がいっせいにわっと身動きしたような錯覚があった。それぐらい強烈な黒雲の群れだった。

バスに乗って僕らは市街地に出た。急に日がかげり、どしゃぶりの雨が降ってきた。バスはすいており、交通情報を伝えるラジオが耳ざわりな音域で車体じゅうに響いていた。ボリュームをちょっと下げてほしかったけど、一、二、……六、六人の乗客の過半数に達してなかったから、僕は自信がなかった。せいぜい、ちょっとうるさくない？

と、モアイに言っただけだ。モアイはとくに反応を見せない。帰宅ラッシュに近づいた道路では車が増えた上に風雨が吹き降り、しかも暗くなってきてひどい渋滞が始まっていた。イ・ナミレポーター出て下さーい、ジー。はい、こちらは、ジー。台風は急速度でジー。飛び降りた女性は現場でジー。大通り沿いの建物だったため事故の収拾には混乱がジー。迂回して下さーい。マジでうるさくないのかなあ？　迂回して少しずつスピードを上げはじめたバスの中で、僕は思った。うるさいと思わないのかなあ、みんなは、人類は。

メトロポリス（架空の大規模複合施設の名前。高級マンションやショッピングモールなどを含む）で降りた僕たちはまず、コンビニ目指して一目散に走った。風はもう強風に変わっていて、広場をつっきってショッピングモールまで行くのはそう簡単じゃなさそうだ。もう一度ケータイを確認した後、僕らは並んで傘とホットココアを買った。卓球用品だって？　そうだなー、最近は扱う店が減っているはずだよと、驚いたことにコンビニの店長がモアイの知り合いだった。このお天気だからねえ……電話で確認しておいた方が安全だろ？　ちょうどメトロポリスに入店した友だちがいるからといって、店長が自分で電話してくれた。そう、スポーツ用品の方なんだけどね、とかいろいろやりとりをして、店長は、ああそうですか、はい、はいと言い、手早く略図を書いて僕らにくれた。電話してよかったよ、あっちのスポーツ洋品店はあいにくランニングマシーンの専門店に変わっちゃったっていうんだ。そこの社長が、ここへ行ってみろって教えてくれた。ちゃんとした卓球用品専門店だそうだから行ってごらん。

〈ラリー〉という名前のその店は、メトロポリスから二ブロック離れた旧商店街にあった。都市のあらゆる古いものが集まっている場所だ。たぶんこだわりのある店なんだろうな、とモアイがつぶやいた。建物がとぎれるたびに傘がひっくり返り、強風が吹きつけてきて、僕らはひやひやしながらつぎの建物を盾にして〈ラリー〉を探していった。それはそうと、コンビニの店長は親戚なの？　ひっくり返った傘を直しながら僕は聞いた。いや、同じクラブの会員なんだ。

クラブ！

ほんとはむちゃくちゃ驚いたんだけど顔には出さなかった、何だよクラブだなんて、それもあんな立派な大人と親しくおつきあいするクラブだなんて。その瞬間、モアイが冥王星ぐらい遠く感じられたが、僕はやはり顔には出さなかった。何の……クラブなの？　えーと、答えたほうがいい？誰にも言わないからさ。ハレー彗星を待ち望む人々の会、っていうんだ。ハレー彗星？　うん。それじゃ、何か願いごとをしたりするの？　そういうんじゃなくて、簡単にいえばハレー彗星が来て地球に衝突してくれるのを待ってる人たちの会なんだ。

よくはわかんないけど、何かすごい迫力に僕はグッときてしまった。衝突だなんて。自分とはくらべものにならないほどモアイは猛烈に生きてるナー、と思うと、傘の中で自然とうなだれてしまう。さっきの、あのおじさんさあ……奥さんに彼氏ができちゃって。それでちょっと前、お金まで持ち出されてることに気づいたんだ。まあ、いってみればそういう人たちだよ。そうかいってみれば、そういう、人たちなのか。僕はもう一度うなだれた。旧商店街の古いネオンが雨と強風によって急激な風化作用を起こしていた。

〈ラリー〉はやはり古いテナントビルの三階にあった。台風の影響か、ちらほらと店じまいした店があり、建物は全体的に、見捨てられた蜂の巣みたいな雰囲気を放っていた。廊下や階段にもほとんど人気がなく、ただ僕ら二人だけが新しい部屋を作っている働き蜂みたいにせわしない気分だった。ドアを開けて入ると店主が食事をしていた。

〈ラリー〉の店主は外国人だった。鼻筋が尖り、毛髪の乏しい——そのせいで鳥みたいにも見えるし、ネズミみたいにも見える奇妙な印象の老人だ。まず外国人だし、そのうえ夢中でサンドイッチを食べてたから、僕らは何て声をかけたもんか困っちゃった。おずおずと店を見回しはじめたモアイにならって、僕はラケットと卓球台、壁にびっしり貼られたポスターや写真を見ていった。そのとき一枚の写真に、ラケットを振りかぶった店主の若いころの姿が写っているのが見えた。選手だったのか。僕とモアイは顔を見合わせてうなずきあった。食事を終えた店主は残ったコーヒーを全部飲み干し、用心深く鼻をかんだ――かんだといっても、鼻の両方の穴をそっと押さえただけだ――鼻ひげをたくわえたくっきりしたわし鼻が、それでいっそう強調された感じ。クン、クン、と鏡を見ながら鼻ひげをふくらませた店主は、ようやく僕らに向かって切りだした。

原っぱから来たんだろ。

しばらくきょとんとしてしまったんだが、モアイと僕はうなずいた。うなずくしかない。その通り原っぱから来たんだし。

驚かないよ。最近じゃ、協会じゃなければそっちを経由してくる人がほとんどだからね、と腕組みをしたままにっこりと笑って店主が言った。流暢な韓国語だった。「韓国語が上手ですね」と「そっちの人たちを知ってるんですか」が――僕とモアイの口から同時に飛び出した。とりとめもなく飛んできた二個のピンポン玉のうちまず一個を拾って、店主が正確なレシーブを返した。

言葉がうまくなるぐらい長い間ここで暮らしてるんだ。私の名前はセクラテン。もともとフランス人で、今は韓国人、なのかな？　とにかく三〇年前、ソウルオープンに参加してからそのまま住み続けているんだ。それで、今じゃ自分でもよくわかんなくなっちゃったよ。フランス人か？　韓国人か？　だからもう、シンプルに「卓球人」だと思ってくれればいいよ。卓球の世界に国境はないんだから。

原っぱの卓球台のことはご存じですか？　自分の球を拾ってきたモアイが、さっきとは違う角度から低い声でサーブした。あの卓球台か？　店主はそれを軽々と打ち返す。知ってるとも、業界の伝説だからね。伝説なんですか？　あの卓球台は、いってみればプロトタイプなんだ。プロトタイプ？　それはね、つまり工場で大量生産に入る前に作成された原型っていう意味なんだ。すなわちこの国で製作された卓球台全部の原型ってわけさ。

けど、そんなものがどうしてあそこにあるんでしょうか？　ちょっと話が込み入ってるんだが、もともとあの敷地は〈信和社〉があったところなんだ。韓国最初の卓球用品を生産した由緒ある会社だよ。なんだけどまあ、かくかくしかじかでしかじかかくかくの理由があって、三代目で会社をたたんじゃったんだな。工場も敷地もまるごとただ同然で売りに出されて、残ったのがあの卓球台と棚だったんだよ。実はある意味、文化財というべきものなんだね。ちょっとこれを見てごらん、

レジ下の金庫を開けてセクラテンが取り出したのは、ラケットだった。ゴム（このときはラバーという言葉を知らなかった）の縁がすっかりはげて、ひどく古ぼけたみすぼらしいものだった。一九二六年作、信和社初のラケットだよ。実は、これこそ私を惚れ込ませてこの国にとどまらせた張本人なんだがね、どうだい？　そして、そっと片方の目を閉じたセクラテンは隅っこのハロゲンランプの下でラケットのあちこちを照らしてみせた。きれいだろう？　と聞かれたらきれいですねと答える態勢を整えていたのだが、彼はそれ以上何も言わなかった。すべての骨董品がそうであるように、ラケットは確かに美しいともいえそうだった。

じゃ、ここまで。再び口を開いたセクラテンはもう、ぐっすり眠って目を覚ました人のような表情だった。たぶん君たちはラケットを買いに来たんだろ？　もっと聞きたいことがたくさんあったけれど、金庫のふたを閉めている彼に、それ以上質問をすることはできなかった。たかがラケットを買うぐらいで、質問攻めにするのもどうかなと思ったからだ。モアイも同じ考えなのははっきり

していた。

まず、ペンホルダーとシェイクハンドという二種類の代表的なスタイルがあるんだ。一般的にペンホルダーはアジアで、シェイクハンドはヨーロッパで好まれるといわれている。だけど選ぶ理由はすごく個人的なものだからね。考えるよりも、実際に握ってみた方が早いよ。どうだい？　二つのサンプルのうち僕はペンホルダーを、モアイはシェイクハンドを手にとった。あ、そう持つんじゃないよ、こういうふうに、つまりペンを持つようにそっと……それでペンホルダーっていうんだからね。シェイクハンドも同じで文字の通りさ、握手するときと同じように……そうそう。

原っぱでラケットを持ったときとは何か違う感じが――指先、手首、ひじ、肩からやがて全身へと、順に点灯していった。店の売り場の蛍光灯より確実に明るく、隅っこのハロゲンランプよりも静かであたたかい感じ。ひょっとして太陽のすごく細かいかけらじゃないかって思えてきそうなほどだった。

親切に、そして刺激的に、セクラテンはラケットの特徴と使い方、卓球の簡単な基本動作を僕らに教えてくれた。刺激的っていうのはつまり、たとえばこんな言葉を間にはさむからだ――自分のラケットを持つということはね、いってみれば初めて自分の意見を持つってことなんだよ。僕みたいなタイプの人間にとってそれは確実に刺激的な言葉だ。あ、しまったとケータイを取り出して確認した後、僕はもう一度心ひかれる彼の言葉に耳を傾けた。もう九時に近かったけれど、僕は席を立ちたくなかった。モアイも、塩をかけられたなめくじみたいに、ぴくりとも動けないようすだった。

結局僕はペンホルダー、モアイはシェイクハンドを買った。そして一箱のボールとラバーの手入れ用クリーナーをおまけにもらった。店の電気を消してシャッターをおろした後、僕らはいっしょに階段を下りていった。商店街はもう暗闇に沈み、雨はさらに激しく降っている。セクラテンががさごそとカバンから取り出したのは、でっかい黒い雨合羽だった。かぶると小さい窓から目と鼻だけがようやく出る、変わった合羽だ。君らは？　僕たちは傘です。そうか、じゃあがんばってごらん。ラリーの重要性を忘れずにね。さようなら、と暴風の中を消えていくセクラテンの後姿を見ながら僕らはあいさつした。ところで原っぱのあの卓球台のことですが、使ってもいいんでしょうか？　モアイがそう尋ねたときには、もう闇の中からかすかな声が聞こえてくるだけだった。もちろんさ、みんなあそこで卓球を学ぶんだから。

いい気分だった。ベッドに横になっても僕はまだラケットを触っていた。家に帰ってきたのは十時。傘もさしていたしタクシーで帰ってきたのに、全身ずぶ濡れだった。だけど気分はサンシャイン・サンシャイン。シャワーを浴びて出てきてからもまだ、太陽のかけらみたいなものが心の中に溶けている感じ。ふとんの外に飛び出した足指めがけて、僕は何度も想像上のサーブを決めた。サンシャイン・サンシャイン。音楽を聴くのも一年ぶりだ。つまり、

これが僕の意見なんだ

意見を、持っても、いいですか？　ラケットを振りながら僕はつぶやいた。ブン、ブン、想像するだけでもラケットが風を切る音が耳元をかすめるようだ。広い原っぱのような眠りが目の前に広がりはじめ、ラケットを握った僕は原っぱの卓球台の前に立っていた。意見を持っても、いいですか？　シマウマが駆けてくる足音のような雨音が意識の堤防を乗り越えて溢れ、暗くて深い眠りの川床に僕は底しれず、はてしなく沈んでいった。

プハーッと眠りから醒めたのはケータイが鳴ったからだ。川床から――浮力によって跳ね上がってきたピンポン玉みたいに急激に意識が戻る。チスからの電話だった。留守録ではなく電話。呼び出し音が鳴り、受けて、話さなきゃいけないホントの電話だ。まず時計を見た。夜中の二時だ。夜

中の二時じゃあ、眠りこけてて出られないこともあるだろう——これは全面的に僕の意見にすぎないが——でも僕はすぐに電話に出た。サンシャイン・サンシャインとリピートしていたCDの曲は流れ続けている。寝てたか？　セブン‐イレブンのとこだ。それでおしまい。

サンシャイン・サンシャイン、オーディオを止めて服を着て、僕は大急ぎでセブン‐イレブンを目指して歩き出した。暴風はいっそう激しくなり、もう足首まで水に浸かるレベルだ。そうやって何分か歩いていくと、雨と風のミキシング音の中でまたケータイが鳴った。チスの着メロだ。もしもし？　お、釘、今どのへんだ？　ち、近くまで来てるよ。あのな言い忘れたんだけどな、傘一本持ってこいよ。ほら、雨ひでえじゃん、な？　折りたたみ傘とかそんなセコいんじゃねーぞ、でかくて長いやつ。黒ならもっといいし。わかったか？　僕はもう一度、家に向かって回れ右した。

チスは一人だった。はい、傘。僕はまず傘を手渡した。黒とシルバーのコンビの傘だったんで心配だったが、チスは意外に何も言わずそれを受け取った。ありがとな。しばらく耳を疑ったが、チスは確かにありがとうと言った。稲妻がひらめく。とにかく、ありがとうという予想外の言葉のせいで僕はいっそう足がガクガクしていた。ちょっと向こうに行こうぜ。チスが行こうと言ったところはセブン‐イレブンから十メートルほど離れた自販機の前だった。何台もの自販機が並び、上には縞模様の日よけがかかっている。小銭あるか？　小銭ならいつも準備してある。コーヒーを二杯買って戻ってきたのはチスだった。聞かなかったけどもしかしてブラックとか好きな方か？　どうなってるんだ、さらに怖い。いや——と恐怖に耐えてやっとのことで僕は答えた。

そりゃ、よかった。タバコを取り出したチスが火をつけた。そしてしばらく、黙っていた。

マリの奴が死んでよ。

十階から飛び降りちまってよー。それで俺、取り調べ受けてきたとこなんだ。あいつのケータイ、俺の番号だらけだからな。街の真ん中で飛び降りたもんだから大事になっちまったとかいってまったくよー、俺、昨日はあいつの顔も見てねえってのに。

釘、お前、知ってんだろ、俺があいつにどんだけよくしてやってたか。

マリにはすまないけど僕はうなずいた。どっちにしろ、昨日最後に会ったのはお前だからな……気になることもあるし、ひょっとして口裏合わせが必要なら、やっといたほうが面倒がないだろ、だから昨日あいつに会ったときのこと、ちょっと話してみろよ。いや、ただ会ってカバンを渡しただけだよ。もうちょい詳しく話してみ。うん、ドアを叩いて……あの子が窓開けて、何時かって聞いた。それからまた……飲み物買ってきてくれって……。買ってきてやったのか？　うん。それからカバンを渡して、まあそのぐらいなんだけど。ひょっとして俺のこと話さなかったか？　チスの目が一瞬きらっと光った。は、はなしてない。よく考えてみろよ。後でごちゃごちゃ言うんじゃねーぞ。脚が震え、頭の中はもうぐちゃぐちゃだ。単に「話してない」と言うだけではだめだという実感が、今までの経験から体じゅうに痛いほどしみわたっていく。あ、そうだ、僕が通りに出たとき、後ろから大声で言ってたよ。何て？　えーと……飯おごってくれって言ったんだ。めし？　うん、確かに。それから？　ほんとにそれで全部だよ。それで全部だという事実を吟味でもするように何度かうなずき、カチャッと音をさせて新しいタバコに火をつけてからチスはつぶやいた。ドーンと落雷の音が鳴り響いたが、僕はそのつぶやきをちゃんと聞き取ることができた。

ま、誰かはおごってやったってわけだよな

皆さん、うまくやってますか？

だからさ、みんなうまくいってるのかなあーって聞いてみたくなるんだよね。いつものように四五分のバスに乗ろうとすると、今朝はいつにもまして遅れてる。五一分。遅れるのはいいんだけど、挽回でもするつもりなのか乱暴運転が始まる。出た、いつもの癖が。ほら、信号無視して突き進む。カーブで、わりこみ、急、停、車。二台がせりあい、急に止まったからあやうく間一髪、だけど僕らと何のかかわりもない間、一、髪。ゴムが、燃えてる。よけてやった——よけてやるしかない、心、みたいなもの、ヒューズみたいなものが——燃えてる、ゴムが燃えるみたいに。車は急、停、車できるけど僕らと関わりのない燃える匂いは急、停、車できないから、まんまバスの横っ腹にぶつかる、車体やガラス窓には絶対ぶつかりゃしないけど——でも目に見えないガラスの分子とかさ——そんなもののビームを揺さぶりまくって、破壊して、しみ込むんだ、そうなんだよ、で、みんなが、タイヤが燃えてるみたいだねーとか、言う、ほら、せりあっている車の後ろの窓ガラスには「子どもが乗っています」というステッカーが貼ってある。子どもが怪我をしたわけではないので、いや、それともまたかかわりなくバスは突っ走る。実は子どもが乗ってるわけでもないし。ありがちなスピードといいますか、ありがちなことですが六分遅れているからです。誰も尋ねも答えもしないが、同意する。誰も怪我していませんか？　誰も怪我していません。ヒューズを、ヒューズを代えなくちゃね、ありがちなことですよ。ありがちなことで今日もバスは学生と会社員でぎっしりだ。揺られて、エアコンがついて、一ヵ所でいっせいに降りるまではただ乗ってくるばっかりだ。ひたすら乗ってきて、タラップ上って、お詰め下さい奥はすいてますから――そういうことだから、うまくやってますかと言いたくなる。あの男の人は家が終点にあるのか、いつもあの席に座ってる。僕が乗るとあそこにいる、降りるときもあそこにいる。座って聖書を読んでいる、ときにはお祈りみたいなことしてる、ときには聖書の一節をぶつぶつ言ったりする。今日も、ぶつぶつ。あしたも、たぶんあさっても。それでうまくやれてますか？　バスの中はいつもうるさい。あの女優さん昨日のドラマで最高でー。渦巻き模様のペイズリーのイヤリングして出てて、もうそれチョーかわいくて。彼女はいま人気が急、上、昇してて、また過労でしばらく入院、でも不屈の女優魂で残り二四回分の撮影も全部終えたんだって、すごくない？　記事の下の方に「さすが○○！　スタッフ全員に拍手で送られて」って出てたんだよ、けど甲状腺が慢性的にあれで――でもそんなのいまどき別に問題じゃないよね――胸の整形疑惑もあったけど、一方では所属プロダクションの社長とのスキャンダルは単なる噂だって判明したから潔白が証明されたし、それでお姉さんは彼女のことももっと好きになったのよ。彼女は牡羊座で血液型はB型で、お姉さんは四年前のデビュー作のビデオまで持ってて――もうそのときほんとにきれいで――それと今週は土曜日の二時だよ、前に行ったとこあるでしょ、野外ロケ撮影場――ああ、雨が降ったらどうしよー、それでお姉さんは女子高生になっても彼女のこと何でも知ってて大好きなんだけど、彼女はお姉さんのこと知ってるのかな？　ファンのみなさんに感謝しますって言ってるけど、お姉さんに感謝してるかな？　お姉さんのこと好きかな？　うーん好きだろうか、つまりうまくやってるかなってことだ。それで昨日の夜もうんと勉強して、新しく変わった塾の予想問題がけっこうな数、的中して、今回の試験の結果がすごく良かったんだ。私も移ろうかな、一科目だけっていうのはちょっとダメだよ、教材はどんなの／七つの機能を一つに、一度でまるごと解決／目のとこにできたの見えるでしょ、これ、塾で感染しちゃってほんとにさ、いいじゃん成績がガーンと上がったんだから、私なんか高い塾には／単科大学を探したんだけどね、集中、集中してうまくやってるかな、あー、私昨日変だったでしょ、そーね、あれーって叫んでたもん、うん、秘密だよ、うん／うん、あのな、今月俺またカード使いすぎで残高ないんだ、来月払うからさ。え、ここ？　今バスん中。そうじゃなくて――大事なのは自己満足じゃないだろ？　もしもし？　あっ、課長、朝からどうされました？　はい、はい、今出勤の途中です、ええ、ええ、大丈夫です、はい、私が着いたらですね、すぐに添付ファイルでお送りします、私が仕上げてはい、お送りします。もちろんですよ、突然顔にはひまわりが〜、ぱっ！　ひまわりが、はい、はい、着いたら即——ひまわりが約束します。ひまわりは、はい、はい、ひまわりは、はい、はい、ちゃんとやってさしあげますよ。ちゃんとやって、いますよ、ご心配なさらずに。バスは、絶対にコースを逆行しません。交通法規を／私どもは停留所を飛ばしたり／お客様との約束を／お降りの方はボタンを。対象物はミラーで見るよりずっと近くにあります、お降りの際は注意を、いつも信号を遵守しています。私どもミョンボ運輸はお客様からの苦情を、お客様の声を／受けつけております。二四時間。交通カードをご利用になれば国の経済にも、そしてカードを、定額制とともに——新たに開通したマジントンネルを利用することによって交通量全体の三〇パーセントを分散——効果が期待されています。政府は上半期経済現況をめぐる原理原則と——源泉徴収を通して脱税の経路を根本から源泉封鎖、五個中隊を光化門と鐘閣、ソウル駅のデモ集結地に分散——そちらを通る車両は、次は京畿道が計画した／全体的な／墓地の絶対的不足と／国土の効率的運用／朝の活気は自分の努力からという言葉がありますね。ロシアの文豪トルストイは言いました。トルストイは、しばしばドストエフスキーと比較されますが、つまり死刑執行の五分前、死の直前に初めて天と地とシベリアの平原を／再び火葬施設と納骨堂の拡張受容案を検討し／その五分の間、何を考えたのでしょうか？　つまり皆が——一度二度ではなくよくあるように、バスは二五分に到着した。同じところでいっせいに、僕らは降りた。間に合った。遅れた六分をバスは取り返した。挽回した。間に合ったのだと――聞きも聞かれもしなくても、みんな同意する。誰も怪我していませんか？　誰も怪我しませんでした。誰も遅刻しませんでしたか？　誰も遅刻しませんでした。

一人二人と走り出す子が出てきて、目に見えない嗅覚細胞の原子、そんなものたちのビームを揺さぶり、壊し、ゴムの燃える匂いがしみてくる。そうだ、みんな――だからね、みんなうまくやってるか――ってことなんだ。

チスがすっかり行方をくらましたという事実を知ったのは、台風が通過した後だった。台風は一日に八一五ミリリットルの降水量を記録し、全国に五兆五〇〇〇億ウォンの被害をもたらし、学校を三日間の休校に追い込み、僕らを三日間いじめから解放した後、東海（日本海）で消滅した。よお、釘と手下の一人が僕を呼んだ。「おい」と「よお」が確実に違うように、呼び出しの理由も確実に違うのだった。よお釘、よく聞けよ。要約すればチスを助けるためにまとまった金を作ってこいというのだった。僕に一〇〇万ウォン、モアイには三〇〇万ウォン。期日は二日後。それで知ったのだ、チスが消えたという事実を。チスが。消えた。チスが消えた。

一機の双発ムスタングみたいなものが空を飛ぶ音、みたいなものが八一・五デシベルを記録したあと、東海の方向へ消えていく感じ。F‐82G（第二次世界大戦末期から使われた夜間戦闘機。朝鮮戦争でも出動した）のこと知ってる？　暗くて狭い非常階段を下りていくとき、僕は一〇〇万ウォンだ三〇〇万ウォンだというようなことは一切言わなかった。その方面に詳しいんだね――とモアイが言ってくれたときも、すっかり忘れていた。僕は、そうだ、第二次大戦史とか軍艦とかプロペラ戦闘機の機種なんかをすらすら言えるような子どもだった。平凡ではない面がなくもなかった、子ども時代。考えてみればそうなんだ。考えてみれば僕にしても、いや考えてみる必要もなく、いまやチスは消えた。一〇〇万ウォンのことはまあよかった。双発ムスタングを知らなかったらどうだっていうんだ、世界大戦がまた起きようが、それが何だ、チスが消えた、チスが、消えたんだ。

手下の二人がチスといっしょに失踪したため、残りの三人もあわあわしていた。失踪に関する推理も三人それぞれ違い、マリを突き落としたのはチスだという説もあれば、マリが死んだことから援助交際ルートが発覚したために逃亡中というのもあった。そうじゃなくて、マリのせいで取り調べを受けたとき警察に密告して高跳びの取引きをしたんだと、残りの一人が言った。三つともまあ、良い理由だ。まして三人とも、だったら何だという顔だったし。だったら何？

その通りだ。実は何でもないことなんだ。どうすんだよ、大変じゃんなんてタバコをくわえたりしてても実際、どうってことはないんだ。すぐにこんな話も聞こえてきた——知ってるか？　何？チスが回虫のせいでひどい目にあってるってこと。回虫？　あ、それは俺しか知らないことで前の話なんだけどな。どんだけ驚いたか、つまりよ、めっちゃ電話が来て、ある病院にすぐ来いっていうんだよ。急いで行ってみたら病院の待合室にチスが座って震えててよ。どうしたんだよって聞いたら、お前ひょっとしてこれが何だか知らないかって、ティッシュに包んだもん、見せるんだけど、何かみみずみたいなうどんみたいなもんがにょろにょろしててよ、ウェー、何だよこれって聞いたら、久し振りにバスタブにじっくり浸かってたら急に足の間に何か見えたんだってよ、何だろって見たらピンク色のうどんみたいなもんが肛門からスーッと出てきたっつーじゃねーか、すぐにつかまえたんだけど、つかまえたと思ったらまたスッと入ってったんだって。それでチスとうどんの格闘が始まったんだ。チスが言うには、まともな精神状態じゃいられなかったってよ。そいつはつるつるしてて、でもチスもたいがい乱暴だからな、結局ちょん切っちまったんだな、チスの話じゃそいつが自分から切れて入っちまったっていうんだぜ、つまり知能がある奴だってことだな。それで、その切れっぱし持って一〇〇メートル一一秒で走って病院に行ったんだってよ。それがつまり回虫だってことでさ、でも診療が終わるまで俺は友だちとして付き添ってやったんだぜ。医者が、薬を飲み続けて爪を切ってきれいにしとけって言ったけど、そんなんでいいのかよ、なあ？　チスの部屋どんだけ汚ねーかお前ら知ってんだろ。それで、その後もときどき頭ヘンになりそーとか言っててよ、つまり俺にだけそっと打ち明けたわけだけどな。そんな日は俺が見ててもやばい感じなんだよ。もっとも俺だって、そんなもんがケツの穴から出入りしたら気が変になるだろうからな。チスがマリには特に執着してただろ。聞いたらよ、不思議なことにマリとやってると必ずそいつが這い出してくるんだってよ。一度なんかずーっとずきずき痛いのがまんして、片手でそいつをつかまえたこともあるんだとよ。そりゃ、頭が変になるようなことだよな？

だからどうだっていうのだ。誰かがいじめにあっても、自殺しても、誰かが殺されたり失踪しても――実際のところそれが人類の反応なんだ。六〇億だもん。人類という全体が個人を見守ろうにも、個人という個体が多すぎる。ヘンだけどさ――個人って人類より絶対多いし、多様なんだ。僕はそう思う。一人の人間はだから、人類とは明らかに全く違う生物だ、かけ離れた種だ。だって、誰も自分のことを人類に通報することはできない。でき、ない、んだ、ピンク色のうどんみたいなものが肛門をしょっちゅう出入りしてるなんて通報は。そんな理由で頭のキレた人間に、肛門から釘を打ち込まれるみたいにして殴られながら暮らしてるってことを。実はそんな理由で、個人が世界から排除されてるってことを。

のけものじゃない、なきものにされてるんだ

原っぱにむかって歩きながら僕はつぶやいた。何？　モアイが聞いた。いじめにあうってことはさ……はじかれてるんじゃない、取り除かれてるってことなんだ。みんなから？　ううん、人類にだよ。生きていくって、ほんとは、人類から取りはずされていくことなんだよね。むかなきゃいけない皮みたいにさ。みんなむかれちゃうのが怖くて、人類によく思われようとしてるんだ。多数のふりするってことは、人類の皮にのめり込んで肉に入ろうとすることだろ。だったらどうなんだろ、とモアイが言った。それはそうだけどね、と僕もうなずいた。斜面を下りていくと——台風に見舞われた後の——きれいに垢を落とした人類の広い背中みたいなものが広がっていた。原っぱだ。

卓球台は無事だった。ソファーの隅からはまだ水がだらだら流れ出ていたが、ビニールカバーは完全に乾いていた。モアイがそっとお尻を載せてみた。大丈夫？　大丈夫。しばらく休息をとった後、僕らはラケットを取り出した。嬉しいな。うつむいたままモアイが言った。殴られないで卓球できるなんてさ。僕も同じ気持ちだった。被害を受けたのはむこうの工事現場らしい。店舗併設構

造物は目に見えて破損していた。工事も全部中断かな？　止まったクレーンを眺めながら僕はつぶやいた。その瞬間だけは、世界が停止していた。

ピン

ポン。ピン　ポン。世界が再び動きはじめたのは、僕らがラリーを始めてからだった。最初は無言で——そして、やがて動作に慣れてくるとあるときから会話が始まった。それは奇妙な体験だった、球を打ち返した瞬間に言葉が出て、球がネットを越えた瞬間に言葉が終わる。それは一小節一小節正確なテンポを刻み、だからまるで歌をやりとりしているような気分だった。長く話したいときはもう一拍待たなくてはならない。体の動きに合わせて言葉が出てくるから、相手が同意してくれないうちに球を打ち返そうとしても、言葉が自然に途切れてしまうんだ。だから公平な感じがする。あ、これが会話なんだな。初めて僕はセクラテンの言ったことが理解できた。やってみればすごく平凡な会話にすぎないのだが、僕ははっきりとそれがわかったのだ。

アメリカの兄さんが

実の兄さん？　親戚の？

親戚の
　それで？
黒人に撃たれて
　何で？
ただもう一発、二発、三発、四発って
　(同意)
四発中二発当たったって
　死んだの？
死んだって。

卓球したことあったのかな？　何が？　君の親戚の兄さんがだよ。死ぬまでに、卓球したことがあったかなってこと。汗を拭きながら僕が言った。さあな。手入れしたラバーを回して眺めながらモアイが答えた。僕らは公平に休息をとっていた。サッカーとか野球はしなかったのかな？　そうだったら……フッーだよなあ。僕はうなずいた。公平じゃなかっただろうな。パスも受けられなかったり、九個のボールをひとりで投げなくちゃいけないこともあるし、それに……クル、クル、クル、クル……人類もほんとにあんまりだよな。双発ムスタングが空を飛ぶ音みたいなのがまた、頭の中を通り過ぎた。僕は空を見上げた。マリは卓球したことあったのかなあ。

雲が流れていった。人類ぐらい巨大な台風から落ちて出てきた個人――って感じの小さい雲だ。〈ラリー〉は営業してるかな？ そうだな……たぶんね。自分のラケットを持つって、セクラテンが言った通りほんとにすてきなことだね。指にひっかけたラケットを拳銃みたいにクルクル回転させながらモアイが言った。それ、すごいね？ 二日間ずっと練習してたんだ。僕のペンホルダーではこうはいかない。汗が冷えた後、僕たちは初めて一〇〇万ウォンとか三〇〇万ウォンとかについて考えはじめた。どうする？ モアイは何も言わない。僕も同じで、うまい手なんかあるわけがない。プレステ、ゲームのディスク、参考書なんかを一つひとつリストに入れてははずし、はずしては入れ、してるだけ。全部売ってもせいぜい二～三〇万ウォンだろう。どうしよう。エンディングまで貯蔵したメモリーカード三枚、それでやっと五万ウォン追加。解の出ない計算だ。どうしたらいいんだ。僕は首を振った。雲はだんだん丸くなり、ちょっと前にラリーを終えた僕らのピンポン玉に似ていた。

何で

生きているんだろ。何が？　僕らがね……こんなふうなのに、何で生きてなきゃいけないのかな。金をさ……いついつまでにいくら作れとか、いついつまでにこれこれの何かになれとか、一六歳になったら高一になれとか……いやなんだよ……理由もわかんないのに……それが生きる、生活するってことだなんて。別にお互い好きでもないのに、子どもは作らないのかって言われたりさ……国家と国家の間に大使館も設置してないのかとか言われたりさ……急に家にやってきてごちそう食ったのにありがとうも言わないのかとか……お元気で、って言わないのかとか。それで、別に好きでもない誰かが死んだら泣いたりしてさ。かと思えば南アメリカにも人は住んでて……

アメリカで死んだ従兄はさ。サッとラケットを反対に回しながらモアイが言った。ジョン・メーソンっていう作家のファンだったんだ。ジョン・メーソン？　うん、ジョン・メーソン。事故にあった日も、彼の処女作を買おうとしてシカゴの街の裏通りの古本屋を探し回ってるところだったんだ、裏通りをね……しょうがないんだ、ジョン・メーソンはシカゴの古本屋にやっと本が残ってるぐらいの三流中の三流作家だからさ。死んだ従兄が彼の系譜を整理したのがあるんだけど、こんなふうなんだよ。ヘミングウェイの亜流の中にスペンサーっていう作家がいて、そのまた亜流にヘリング、セム、マグリットがいて、その中の三流であるセムの亜流にまたニックとチェットとボブとマンソンがいて……その中の二流であるマンソンの亜流がまた三人いて、ジョン・メーソンはその三人の中でも三流に分類されるっていうんだ。従兄はその唯一の亜流になりたがってたんだよね、死んじゃったけどさ。

それで、本は買えたの？　買えたよ。その本は今、僕が持ってるんだけど……とにかく本の題名は『放射能タコ』っていうんだ。ほうしゃのう・タコ？　従兄の翻訳が正しければね。ともかくそこにはある夫婦が出てくるんだ。小説は、外出の準備をしているパットンと、彼のことを心配している妻のドロリスの心理描写から始まるんだよ。

気をつけて下さいねってドロリスが言い、ああ、心配するなって夫のパットンが答えて、ヘルメットの中でフーフーと濃い息を吐きながら手を振ったんだ。ドロリスはまだ心配そうな顔で、パットンの服の袖のつなぎめとか、ほつれやすい肩のあたりをじっと見てた。キーンという音がして、固く閉まった鉄のドアが開いた。防塵服を着てドアの外の暗闇の中に消えていくパットンを見ながら、ドロリスは深いため息をついたんだ。その瞬間、七年前、シェルターに初めて足を踏み入れたあの月末の一日のことを思い出した。夢うつつの中ですさまじい轟音を聞いたことと、夫の背中に背負われてここへ避難してきたのが、彼女の記憶のすべてだったんだよ。真っ青な顔でパットンが叫んだのさ、とうとうおしまいだ……何もかもおしまいだよ。そしてパットンは彼女の肉づきのいい体を抱きしめた。パットンは泣いてたんだ。嗚咽とともに上下する夫の胸に顔を埋めたまま、彼女も世界が一変したことをぼんやりと悟った。私たち……やられちゃったの？　やられたんだ。いや、こっちが先に発射したのかも……とにかく、今生きてることに感謝しなくちゃな。暗闇の中で二人は祈り始めたんだ。そしてシェルター生活が始まった。二人が生きていられたのは、パットンのシェルターがあったからだ。退役軍人だった彼はいつも第三次大戦の可能性を主張してて、周囲の目を気にもとめず、私設シェルターを作ってたんだ。静かなネバダの田舎で第三次大戦に備えていた人は、それこそパットン一人だけだったんだよ。

ドロリスはやめさせようとしたんだけど、無駄だった。パットンは食料を備蓄し、岩盤の中の地下水を引いてきて、生き延びるために準備万端ととのえたんだよ。バカにされたり非難されたりしたこともいっぱいあったけど、結局はパットンの信念が正しかったんだよね。二ヵ月に一度、パットンは外の世界を見回りに出て戻ってくる。世界なんてのはもう、おしまいになっちゃったみたいだね……放射能まみれの世界の変化を観察して、たまにはマーケットを探して残っていた缶詰を持ってくることもあった。やっぱり生き残ったのは私たちだけみたいだ。跡形もなく消えた市役所、汚染された死体が山積みの病院、空っぽになった灰色の道路と廃墟……放射能の世界から戻ってきたパットンはいつもそんな話を聞かせてくれた。あなた、空はどうなってるの？　本当に空が見たいわ。そんなもの見えやしないよ。灰と放射性降下物と暗闇だけさ。そしてパットンは聖書を朗読してやった。ドロリスは特にノアの方舟の話が好きだったんだよ。ノアが送り出した鳥がついに葉っぱをくわえて戻ってくるあの場面、私、あそこがすごく好きよ。でもここでは鳥を飛ばせることも、鳥が戻ってくることもないいんでしょ？　いや、飛ばそうにも鳥そのものが……でも、待ってみよう。望みは電波と植物だけだ。誰かが生きていたらきっとどうにかして電波を送ってくるだろうから。そして一本でもいいから草の芽が出てくれば、いつか私たちが空を見ることもできるだろう。主はもう一度私たちにチャンスを下さるかしら？　それはわからないな。とにかく私たちは審判を受けたんだ、アメリカもソ連もみんな。愚かな人間たちは結局自滅の道を選んだんだ。ねえ、あなたを恨んだこと許してね。許すって何を？　いったい誰が誰を許したり、恨んだりできるのかね。人はみな罪人だというだけのことさ。そして夫婦はお互いの手を握って祈った。深い絶望の中でも二人は最後まで希望を失わなかったんだね。

フュー、と地下から上がってきたパットンは防塵服を脱ぎ捨てた。すげー暑いな。台所の冷蔵庫からコーラを出して飲むと、彼はラジオで日付を確認した。一九七六年七月四日だ。七月四日か……首と肩を軽く回した後、彼はこざっぱりしたカジュアルウェアを着てワゴン車のエンジンをかけた。空はうららかに晴れて、雲ひとつない。まずウエスタン銀行に寄って年金を受け取った後、彼はアップタウンに車を向けた。さっきから独立二〇〇周年を祝う祝砲の白煙が空いっぱいに広がってる。パットンは友人のモーリスがやっているバーに行った。こりゃまた、誰だっけ？　パット？　パティ？　パッセンジャー？　モーリスのジョークを手を振ってさえぎり、パットンはバーの隅っこに陣取ったんだ。すぐになみなみと注がれたビールを持ってモーリスがやってきた。どうだ、ご機嫌だろ？　やめてくれよ、ヒューストンからパリまで行ってきたんだぜ。二ヵ月ずっとか？　二ヵ月ずっとだ。アップタウンの連中の間でパットンは、エンジンのセールスマンで、しょっちゅう出張に行ってることになってたんだ。そして七年前に妻に逃げられたこととか、とにかくいろんな問題でみんなの同情を買ってたんだ。そりゃなあ……そろそろセールスの仕事もやめどきかな？　舌打ちしながらモーリスが言った。そうじゃないが……俺の能力が足りないんだろう。今だってこの国は大小のエンジンでけん引されているんだからな。そして二人は窓の外を眺めたんだ。長い長い仮装行列が、二〇〇年流れ続けた河の水みたいにバーの窓の外をうねりながら通り過ぎていく。ありゃ何だい？　パットンの視線はバーのそばの空き地に向かった。そこでは一群の若者たちが踊ってたんだ。このあたりの奴らじゃないな、旅行者か？　いや、みんなお祭りで浮かれているだけだよ。黒人が五人もいるじゃないか、それにあの格好は何だ？　ちょっと見ろよ。若い連中はみんなあんなもんさ。……いくら何でも……最近はあんなふうに踊るのか？　あれはな、とモーリスが言った。

ディスコさ。

世も末だなあ。額にしわを寄せてパットンが言った。おい、そんなに目くじら立てるなよ、何てったって今は一九七六年なんだから。あのな、俺が言いたいのは、何で規制しないんだってことだよ。あんな連中は社会と国家が規制してやらにゃ……完璧な規制だよ、規制。おい、そんなことは軍隊で言えよ。今の世の中でいくら……って言いながらモーリスは突然、ロバみたいに目をぱちくりさせた。そういえばこの前、ウィスコンシンに行くって言ってなかったか？　お……そうだったっけ？　ヒューストンじゃなくて？　いや、はっきりウィスコンシンって聞いたけどな。しばらく二人とも黙っちゃった。窓の外ではまた盛んに祝砲を打ち上げてて、モーリスの顔をじろじろ見てたパットンがそのとき口を開いたんだ。どこだっていいじゃないか、なあ？

何考えてるの？　パットンのはげ頭を撫でながらマリアンが聞いた。ああ……ちょっとな。ウィスコンシンでほかに女ができたんじゃないの？　ああ、ウィスコンシン……そうだウィスコンシン。正直に言ってよね。私の体、どう？　手でバストとヒップを交互に支えてみせながらマリアンが聞いた。君は今がピークだよ。娘時代よりずっとみずみずしい……。ほんと？　という表情でマリアンは鏡の中の自分をチェックした。上の子がもう高校生なのに、今が人生のピークだなんて……悲しそうでも嬉しそうでもない顔でマリアンは服を着はじめ、まだ腕を頭の後ろにあてたままのパットンは花火を鑑賞しはじめた。もう行かなくちゃ。半分くらい吸ったタバコを灰皿でもみ消して、マリアンはささやいた。どうぞお好きに……と言った瞬間タバコの煙がパットンの鼻をひどく刺激した。ゴホン。何だよもう……おい、頼むからタバコやめろよ。パットンが声を上げるとマリアンは横目でにらみながら部屋を出てっちゃった。まったくもう……規制されてないんだからなあ……窓をパーッと開け放ってパットンはため息をついたんだ。今日は疲れる一日だった。午後にはキャロル、夜はマリアン。何でこんなことになっちまったんだろう。自分に念を押すみたいにパットンは独り言を言った。ビトーとモーリスの顔が思い浮かんだけど、どうしようもないことだよな。友だちの妻とこっそり楽しむようになってもう一〇年だ。しょっちゅうじゃない、彼がウィスコンシンだのヒューストンから帰ってきたときには必ず彼女たちに会うっていう程度ね。モーテルを出た彼は、自分のワゴンに乗りこんだ。まだ続いている祝砲のおかげで夜道は暗くなくて、家の倉庫には七年前に買い占めた缶詰がまだ山のようにある。つまり事故も問題もない平穏な夜だった。そうやって二〇分ぐらい走っていったんだ。ちょっと寝ちゃったり祝砲の音で眠気が醒めたりしながら、パットンは運転を続けた。町はずれの道は真っ暗だった。

何で車が？　垣根の端っこに停まってる見慣れないフォードに、パットンは緊張した。ヘッドライトをつけたまま彼は用心深く車から降りたんだよ。フォードのドアが開いた。暗闇の中で顔は見えなかったけど、近づいてくる声を聴いて緊張は解けた。今帰ったのか、お前？　モーリスだった。モーリス？　どうしたんだこんなところまで。ああ、ちょっと聞きたいことがあってな……連絡もつかなかったんで家の前で待ってたのさ。そうか、まあとにかく入れよ。いや、そこまでのことじゃないんだ、すぐすむよ。モーリスの左手からその瞬間、冷たい、重みのある金属音が聞こえた。音の正体をパットンは誰よりもよく知っていたんだよ。どうしたんだお前？……どうしたのかよくわかってるだろうに……モーリスの手が、いや銃口がパットンの胸を正確に狙っていた。お前だったとはな、この下司野郎……言ってみろ……何でよりによってマリアンを？　モーリスは泣いていた。ああ、と両手で顔をおおったままパットンは崩れるように座り込んだ。ため息だけがとめどなく、二人の間で激しい荒波みたいに揺れてたんだよ。やがてパットンの目からも熱い涙がほとばしり出た。ああ、すまない……何て言ったらいいのか……でもこれだけは心から言うよ……。黙れ、とモーリスが叫んだ。ほかのことはどうでもいい、理由だけ言え。それを聞きたいだけだから。そ、それは……パットンはもう全身が震えてた。涙と鼻水と唾が混ざった珍しい液体をごくんと飲み下しながら、やっとのことで言葉を続けたんだよ。お前が……昔ユタに転勤したから……何だって？　何言ってんだ？　そうじゃなくて……結婚前から……どうしようもなかったんだ……誰も……そんなつもりはなかったんだけど……だって誰も……規制してくれなかったから……このクソッタレ……今にも泣きそうになっていたパットンが急に体を起こした。彼は息をはずませて何歩か歩いていって、郵便受けを開けたんだよ。こんなのしか来てない……見ろよ……せいぜいこんな規制しかしてくれないから……そしてたまっていた告知書や通告書の山を、狂ったように庭にぶちまけた。この程度でどうやって人間を規制できるっていうんだ……神はわれわれを見捨てたんだ、完璧に規制してくれないじゃないか、誰も。ダーンと銃声が鳴った。血まみれになった自分の股を押さえてパットンは、ひっくり返されたコガネムシみたいに庭をころがった。ヒィーッと悲鳴を上げるパットンの前にモーリスが近づいた。二人の目が合った。その瞬間パットンは自分が死ぬってことを実感したんだろうな。あきらめと同時に苦痛の一部が消えていくのがわかったんだね。自分の頭を狙っている銃口を見つめながら、彼はこうつぶやいた——ビトーとチャーリーも知ってるのか？ それからウォーレスは？ こ……この下司野郎！ モーリスの銃が火を吹いた。弾が意識を貫通していく短い瞬間、パットンは七メートル下のシェルターとドロリスのことを思い出した。彼の口元にかすかな笑いが浮かんだ。彼の肉体が冷えていくとともに、その笑いもだんだんこわばっていったのさ。

ドロリスの心配はふくれ上がっていった。事故が起きたんじゃないかしら。時計を見るたび、しきりに不安な気持ちになってさ。哺乳類の雌だけが持っている第六感に動かされて、彼女はずっと泣き続けてたんだ。雨合羽でも着て出てみようか？　でもそうやって行き違いになったらどうしよう？　いや、彼は絶対帰ってくるだろう。こんなときこそ気を確かに持って、信じ続けなくちゃ。彼女は自分の仕事を始めた。シェルターのあちこちを掃除し、自家発電機のヒューズを点検し、冷蔵倉庫の隅についた霜をとり、牛肉の缶詰を一個持って戻ってきたんだ。良いことがあったのかもしれないしね。植物の芽かなんか見つけたりしていつもより遠くまで行ったのかもしれないし、生存者に会ったのかもしれない。そうじゃないって誰がわかる？　帰ってくるパットンのためにスープを作ろうと彼女は決心した。牛肉の缶詰がおいしいわけはない、冷蔵はしてあるけど、もう七年も経ってるんだから。だけど野菜の缶詰を混ぜたらけっこうおいしいだろうって考えたのさ。コッフェルを取り出し、材料をよく混ぜてから彼女は水道の蛇口をひねった。でも水は——水が——出ない。変ね。彼女は何度も蛇口をチェックした。蛇口にも水道管にもとくに異常はない。吐き気がこみあげてきたのはまさにそのときだった。ウッ、ウッウッと嘔吐したあと、彼女はぺったりとその場に座り込んじゃったんだ。すっかり力が抜けてしまったけど、彼女の頭をとつぜん、ある強烈な感覚がかすめた。妊娠じゃないかしら？　シェルター生活を始めてから生理が不規則になってたんだけど、確かにこの二ヵ月生理がなかったのを思い出したんだ。どっと涙がこみ上げてきた。哺乳類の雌の発達した第六感が、幸福と不安という材料を混ぜて頭の中でスープを煮立てているみたいな感じだよね。微笑みと涙が同時にあふれてきた。信じて、従おう……自分を説得するみたいに彼女は祈ったんだ。長い長い切実なお祈りだよ。心が落ち着くと彼女は初めて幸福になれた。自分のおなかの中に青々とした植物の芽みたいなものが芽生えたような気分でね。そうだ、主は人間をお見捨てにはならなかった……シェルターの鉄壁のどこかにまぶしい窓があって、約束の葉をくわえた鳩がクークーと鳴く姿がちらっと見えたような気持ち。あなた、早く帰ってきてって心の中で彼女は何度も叫んだ、そのとき水道管から小さな雑音が聞こえ始めた。シュー、シュー……どこか詰まってるのかな、と思ったけどそんなはずはない。工業用水道管だから直径がかなりあるんだ。でも騒音はだんだんひどくなる。ついに彼女は手を触れてみたんだよ。ぐにゃっ——明らかに何かの異物が、水道の蛇口部分いっぱいに詰まってる。ぶよぶよでぐにゃぐにゃの気持ち悪い物質だよ。彼女はそれを引っ張ってみたんだ。すーっとほどけるような感じがして、それとともにいきなり何かが飛び出していったんだよ。バルブを締めて流しのところを見おろした彼女は、驚きのあまり悲鳴を上げた。流しの上で一匹のタコがのたうちまわっていたんだ。

タコが？

タコが。雲が一つ、不透明なピリオドみたいに空の低いところに残ってた。それで？　それでおしまい。メーソンの小説ってだいたいこんな感じなんだ。それから僕らは黙ってしまった。僕は何て言うべきかわからなかったし、モアイは無理をしたらしくて疲れたみたいだったし。サッ、と僕もモアイみたいにラケットを回してみた。素早く一回転、円を描いた後、ラケットは正確に定位置に戻ってきた。ブン、ブン、と僕は続けてラケットを回す。ねえ、釘……とモアイが再び口を開いた。人類ってさ、いってみればドロリスみたいだと思うんだよね。何で生きてるのかなんて全然わかりっこないのさ。そして僕は、ラケット回しに思いのほか夢中になっていた。

やっぱりうちの学校だったね。

突然の声に僕らはぎょっとして振り向いた。同じ年頃の、だが見たことない顔だ。こんなふうに人と出くわしたことがなかったから、僕はその見知らぬ人間（彼？　その人？　その子？　そいつ？）をどう呼んでいいかわからなかった。それ……はともかくも、同じ制服を着ていた。誰……なん……だい？　僕が聞いた。びっくりさせたらごめん。そんな気はなかったんだけどね。僕、生徒会長だよ。

モアイと僕はお互いを眺めやった。別にいやな気分ではないが、困ってしまう。生徒会長は笑っていた。そして彼の頬はかすかなピンク色だった。理由はわからないけど肛門を出入りするというピンクのうどん、を僕は思い浮かべた。きっとそんな、二パーセントに属する人間なんだろう。卓球をしているうちに生まれたピンポン玉ぐらいの自信が一瞬で揮発しちゃったような気分。僕は地面を、モアイは天を、見ていたかな？

卓球部なの？　生徒会長は僕らを卓球部だと思ったらしい。ここ、すごい変わってるね、卓球台があるなんて。この棚は何だい、もしかして学校の備品？　僕は黙って首を横に振った。ふーん。ところでさ……市対抗予選は来月だろ？　僕はまた首を横に振った。そんなはずあるかな、いちばん大きな行事だと思うけど？　僕たち卓球部じゃないんだ、とモアイが言った。僕は、

黙っていた

卓球部じゃないんだ？　不思議そうな顔で生徒会長がつぶやいた。かすかだった頬のピンクが微妙に濃くなった。卓球部でもないのにどうして卓球やってるの？　しかもこんなところでさ。僕らは、

黙っていた

とにかく、と生徒会長がつぶやいた。変わってるね。普通、学校が終わったら塾とか家に行くもんだろ……どうせスポーツをやるなら正式に卓球部員になった方がよくないか？　僕はそう思うんだけどどう思う？　と聞かれた。僕らは黙っていた。黙っているとまた聞かれた。ここにはよく来るの？　うなずいた後、僕は黙っていた。うん、何かわけがありそうだねと生徒会長がつぶやいた。

それで僕は

　ごめん

とつぶやいた。いや、そんな意味じゃないよ。別に卓球をやってるのがどうこうってわけじゃないしね。頰のピンク色が彩度を増し、生徒会長はにっこりと笑った。いってみれば親切な人間、みたいだ。人間ってさ、ついひとりでに行動しちゃうときがあるだろ、誰でもさ。僕も散歩をしてたらここまで来ちゃったんだよ。ちょっと考えごとがあってさ。実は僕、けっこう集中力のあるタイプなんだよね。地面を見ながら僕は尋ねた。個人的なことではなくてね、悩みでも……あるの？　悩みだよ。そういうのって……どういうの？　天に向かって質問でもあくまで、生徒会長としての悩みだよ。そういうのって……どういうの？　天に向かって質問でもするみたいにモアイが聞いた。そうだなあ、あのね、実は今年の一年生にさ、爬虫類の脳を持った子が入ってきたんだよ。爬虫類の脳？　そう、開校以来初めてのことなんだ。その上、この春の身体検査の結果が出てみたら、一年生に鳥類の脳を持った子もいるってことがわかってさ……そんなこんなで悩みがいっぱいなんだ、校長先生と僕は。

僕はタコがかわいそうだけど

生徒会長が僕を見た。何のことだい？　いや違うんだ、タコはただそこにいただけなのに……それなのに悲鳴を上げたりするから……涙がじわっと出てきた。こんなことを言おうと思ったんじゃなかったのに。あのさ……何で、急に、タコ？　僕は今、爬虫類と鳥類の話をしてたんだけど？タコは頭足類だろ、爬虫類じゃないぜ。鳥類ではもっとないし……いや、タコは両生類だ。干潟でも水族館でも生きられるから。水族館？　そんなのが基準になるはず……いや、そこじゃなくて、何で急にタコの話すんの。

何でかっていうと――とモアイまで割り込んで状況はさらにこじれてきた。どうしてかっていうとこの世界を動かしているのが老人たちだからだよ。生徒会長はしばらく、んんん、という表情を浮かべていたが、それって変じゃん……世界の主人は市民だよ。市民団体とか市民の代表がほとんどの事案を決定しているんだ。たとえば僕だって市民代表のひとりといえるしね。高齢者はむしろ配慮を必要とする人たちじゃないの？　いま、いろんなところで老人問題が発生してることを考えてみてもそうだろ。そんな話じゃないんだ、僕が言いたいのは、世の中のお金はみんな老人たちが持ってるってことなんだ。世界を握っているのは結局三人の老人だっていう話、知らない？

君たちはほんとに変だなあ。

ちょっと呆れたという顔で生徒会長がため息をついた。じゃあこれは何だい？　生徒会長がポケットからごそごそと取り出したのは八二〇〇ウォンだった。お金は誰だって持ってるじゃないか。それに、ヘゲモニーがどうだとかいう話でもないし……なのにとつぜんタコだなんて。それに三人の老人って何だよ……ピンクの頬をぴくぴく動かしながら生徒会長は、僕はひたすら寂しく悲しいのだ、みたいな表情をした。僕はさ……常に討論が必要だと思う。意見をちゃんと言ってくれなきゃお互いわかんないだろ？　市民社会って討論を土台にして発展してきたものでしょ。ほんとにだんだん荷が重くなるなあ、一年生のことも……君たちのことも。みんなもうちょっと手伝ってくれたらいいのに。

ごめんね、と僕はもう一度言った。いやいいんだよ、それでも爬虫類や鳥類の脳を持ってるよりはましだもん。そうだ、どうだいいっしょに粉食店（海苔巻き、トッポッキ、めん類などの軽食を出す飲食店）でも行く？　八二〇〇ウォンあればいろいろ食べられるだろ。親切なことだが、僕らは黙っていた。そうか……と生徒会長は淋しげな微笑を浮かべた。とにかく会えて嬉しかったよ、ともあれ僕らは同じ学校の生徒なんだから。来学期もよろしくな。今学期はだいたいのところうまくやれたと思うんだけどね、大きな事故もなかったし。あー、大きな事故はなかったのかと僕は思ったが、黙っていた。次に会うときには君たちの意見も少しは聞かせてくれると嬉しいよ。どんな事情があるのか知らないけど、ともあれ世界は――全体的には――対話の方向へと進んでいるよ、たとえ漸進的にであってもね。君らもいつかそれがわかるだろう。全体的に？　全体的に。多数が？　もちろん、多数が。じゃあみんなうまくいってるってことじゃんと思いながら僕らは黙っていた。楽しかった、それじゃまた会おう。生徒会長はもと来た道を戻っていった。

　そして結局、原っぱにはモアイと僕だけが残ることになった。ラケットと道具を片づけて僕らはしばらくソファーに体を埋めた。みんな……うまくいってんのか？　僕が聞いた。討論のこと？討論……なんてさ。討論じゃ勝てないよな。誰に？　人類が、人類に。

それでも……みんなうまくいってるならいいけどな。
そんなはずないよ。
かな？
人間はお互い放射能だもん。
神様はどこにいるの？
ウィスコンシンにもヒューストンにもいないよ。
僕はタコがかわいそうでしょうがないんだ。
空はきれいなのになあ。

突然、鳩、みたいなものが青空を一筆書きのように横切った。店舗併設マンション団地を目指して、流れ星のように消えてゆく鳥の動線を眺めながら、僕は鳥のくちばしが葉っぱをくわえていなかったかと思った。並んでその軌跡を見ながらモアイが言った。スプーン曲げてるとき、何考えてたと思う？　わかんない。一、二、三、四、おしまい、って思ってたんだ。意外に漸進的、だったんだね。とにかく……まあ、話してやれそうなことならあるよ。どんな話？

来月、ハレー彗星が地球に来るって話。

それは確かに漸進的じゃあないなと僕も思った。

奥さんを借りてもいいかな?

一〇〇万ウォンをどうやって作るか。と、ノートにちくちく書いてみた。二時間後、売店で買って飲んだ牛乳パックにも、一〇〇万ウォンをどうやって作るか、とぐりぐり書いてみた。同じ文章を一時間後、トイレの左側のパーテーションの隅にもゴマ粒ぐらいの字で書いてみた。ノートとパーテーションには書きやすかったが、牛乳パックにはなかなか字が乗らない。そうして、殴られた。いま用意してるところだから、って言ってみたところでそんなの僕の事情だからな。奥歯が少しぐらぐらする。一〇〇万ウォン、一〇〇万ウォン、一〇〇万ウォンとまたノートに一〇〇ぺん書いてみた。何の、考えも、浮かばず、ない。やかましいセミの鳴き声が小石みたいに飛んできて、奥歯の痛いところにぶつかるみたいだった。

一〇〇万ウォンをどうやって作るか。セミみたいにペンマノンペンマノンペンマノン《一〇〇万ウォン・一〇〇万ウォン・一〇〇万ウォン》……って一日中鳴いてたら一〇〇万ウォン出てくるかな？　昼ごはん休みの間ずっと、昼ごはんを食べずに考えていた。グラウンドの端っこまで歩いてもみたし、コガネムシにこんにちわと声をかけても、みた。でも、どうやって一〇〇万ウォン作るんだ。トイレに三回も出たり入ったりした。おなかが痛かった。トイペが必要ないくらいの下痢だった。一〇日後だよ。あと一〇日時間をやると言われたけど、あてなんかないんだ。心細かった。コガネムシが見守ってくれている前で、僕はモアイにメールを送った。うちから、もってけ。着信音がしてこんなヘンなメールが来た。モアイだった。グラウンドの端っこはもう、白いといっていいほどまぶしかった。コガネムシを裏返して、僕は教室に戻った。

　モアイの家は市のはずれにあった。本当に遠かった。市の地図を同じ大きさの世界地図と重ねたら、北極、ぐらいのところに位置する。揺れるバスの中で、僕はどうにもこうにも複雑な気分だった。えーと……そんなことしちゃっていいのか？　僕。ごはんを出されても絶対食べないでおこう……でも、それならお金ももらうべきじゃないよな……。ごめんちょっと釘、とモアイが言った。君、低血圧？　うん低血圧。そしてモアイは窓の外を見つめているばかりだ。君は？　と僕が聞いた。僕高血圧。そして僕らは並んで窓の外を眺めた。原っぱは、雨に濡れた卓球台みたいな濃い緑色をしていた。

バスは右カーブ、右カーブ、右カーブした末に僕らを下ろした。山道だった。家なんかなくて、灰色の高い塀だけが延々と一〇〇メートルあまりも続いている。ここだよ。塀がとぎれたところにぬっと現れた巨大な鉄の門の前で、モアイが言った。あー、と言う以外にどうしようもないくらいのスケールだ。チスがこのことを知ってたら、三〇〇万じゃなくて三〇〇〇万ウォン要求したんじゃないか？　わあーっ、とセミが鳴きわめいた。その声で空の彼方が固まりそうなくらいに。

石が敷き詰められた庭園を過ぎ、木のテーブルとパラソルがあるところまでモアイは僕を案内した。何、飲む？　テーブルの後ろの軒下に自販機が置いてあった。一般家庭に設置された自販機を見たのは初めてだ。だからなのか、何となく原っぱの棚に似てる感じがする。スプライトとデミソーダ、ダイエットコーラがあるよ。ポカリスエットはない？　品切れ。じゃあスプライト。ボン、ボンと二本のスプライトを自販機から出してモアイがテーブルに戻ってきた。わあーっと、またセミが鳴きわめく。炭酸水は数百匹のセミの鳴き声が溶け込んだみたいに、強く、つーんとする味だった。

普通は台所とかさ……つまり冷蔵庫から出して飲むよね？　そのことだけどね僕、自販機の飲み物以外は飲まないんだ。絶対？　うん絶対。自販機マニアとかそういうのなの？　いや、そういうんじゃなくて。じゃあ水はどうすんの？　そこに水もあるんだ、いちばん左だよ。見える？　いちばん左に並んだ小さな水のボトルを眺めながら、僕はスプライトを飲んだ。風が吹き過ぎていく。そのせいで、静かなモアイの家ががらんどうの洞窟みたいに感じられる。一人で住んでるの？　答えの代わりにモアイは首を横に振った。今は誰もいないみたいだね。モアイがもう一度首を振った。じゃあ誰が？　おじいさんがいるんだ。おじいさん。それはまるで、セントバーナードを飼ってるんだよ――って言われたぐらい珍しい感じがしたが、僕はそんなそぶりは見せなかった。急に空気がべたついてきたような気がして、老犬のおしっこみたいに思えてきたスプライトを僕はテーブルに置いた。

老人は二階にいた。セントバーナードみたいに重い空気の中で、チワワみたいな様子で寝ていた。照明が薄暗いので、意識があるのかないのかも見分けがつかない。死体だと思えばいい、この状態で七年目だから。わあーっと、窓の外の森がまた痙攣する。たくさんの注射針が、そこにつながった管が、リンゲルの点滴が、その水面が、ふるふると音波の影響で震えているみたいだ。おじいちゃん、僕だよとモアイが叫んだ。ふるふると、七年間かけてしぼんだまつ毛、または黄色っぽい芝みたいなものが目のまわりで奇妙に震える。お金がいるから……ちょっと持ってくよ。老人の指だか何だかがとにもかくにも、うん、と意志表示した。黄色っぽい芝の上を踏んづけて通っていくような気分で僕らは老人の部屋を横切った。薄暗い部屋の隅では、中国から来たという付き添いさんが寝ていた。

部屋を過ぎて急な階段を上ると、小さくてじめじめした納戸があった。ここで待ってて、と言って入っていったモアイが出てきたのは、五分ぐらい後だった。三〇〇、それと一〇〇。これでいいよね？　モアイが札束を持っている。わあーっ。僕はその瞬間、静かな森の中に入って七年間セミの幼虫として生きてもいいやと思った。そしてやっぱり、こんなことしちゃっていいのかと思ったけど、僕は黙ってお金を受け取った。思ったより気分がいい。一〇〇万ウォンを手にすると遺伝子が一〇〇万ウォン分アップグレードするのかも——人間って意外とそんなもんなんじゃないかな。ごそごそと身動きする中国人女性の息の音を聞きながら、僕らは階段を下りた。

いいなあ

と僕は思った。モアイの部屋は屋上の真ん中に設置された尖塔みたいなところにあった。入らないでおこうと思ったんだけど、入れよって言われた。ごはん食べていけよ、とも言われた。ヘンだけど涙が出ちゃった。部屋には何冊かの本と机とスケートボードと、大型の天体望遠鏡があった。それだけしかないといっていい部屋だったが、それだけじゃすまされない、すごい光景が広がっていた。ドーム型の天井と壁のすべてが透明なんだ。これ、ガラスか？　似たようなもんだよ。いいなあ、と僕はもう一度思った。これは死んだ従兄の形見だよ、と足でスケードボードをポンと押しながらモアイが言う。それと、これ、ジョン・メーソンの全集。ポンとその中の一冊を抜き出してモアイが差し出した。『放射能タコ』という題名がとにかく英語で印刷された、古いハードカバーだ。タコが描かれた表紙のところどころに血痕が残っていた。そのせいで、本はあったかい感じだった。

星……ほんとに見える？　土星まではね。でも今はだめなんだ、レンズにちょっと問題があって。驚いたな、部屋で星を見られるなんて……星を見てるわけじゃないよ。ディープスカイを見るんだ。ディープスカイ？　ディープスカイ。それ何だいと聞くとモアイは困った顔でちょっとためらった。深淵宇宙っていうか……とにかく……宇宙って深ぁいところまであるんだよな。僕はそれ以上聞かなかった。夕ご飯を食べに僕たちは一階に下りていった。一階には広々とした、いい、キッチンがあり、照明がついた唯一の隅に、見ろといわんばかりにカップラーメンの自販機が置いてある。デリバリー頼んでもいいけどね……とモアイがつぶやき、ううんいいよと僕もつぶやいた。

家族は？　ラーメンを食べはじめると、よけいな質問が飛び出してしまった。ここには住んでない。僕は黙ってずるずるとラーメンをすすった。悪いな、ラーメンで。スープを飲みながらモアイがよけいな謝罪をする。いつもこうやって食べてるの？　僕……自販機から出たもんじゃないと食べないんだ。ふーん……うん。広々とした背後の闇の中で、リンチを受けた人間みたいに自販機がむせび泣く。おじいさんがああなったのは、父さんがくれた飲み物を飲んだせいなんだよ。器を持ち上げて僕もスープを飲み始めた。その一瞬、スチロールの容器のところどころに血痕がにじんでいるような気がした。それでいっそうスープがあったかく感じられた。

またパラソルのところに出てきた僕らは、飲み物を買って飲んだ。殻を脱いだ幼虫の目みたいな、透明でかすかな街燈がついている。灰色の長い塀沿いに並ぶ私設の街燈だ。君んちほんとに金持ちだなあなんて言葉が、それでつい、出た。ひいおじいさんが……世界を握ってた三人の老人のひとりに会った唯一の韓国人なんだって。デミソーダの缶をつぶしながらモアイが言った。すごいなあ。さあ、すごいのかな？　街燈のあかりがかすかなだけに、鮮やかな銀河が空の彼方をいっそうきらめかせている。美しいといえば、美しいといっていい夜だった。僕、理解できないなモアイ……僕だったら……チスみたいな奴、金で買収するとか……でなきゃ警備をつけてもらうとか……すると思うな。モアイは肩をすくめた。カエルが一四、どこかで大きく鳴いた。ジョン・メーソンの小説を読まなかったら、たぶんそうしてたかもね……でもそれってもしかして、古い方法なんじゃないかと思う。だから僕はただ、自分の方法で生きているんだ。それでハレー彗星を待っているんだし……。星だ！　モアイの言葉をさえぎって僕は叫んだ。その一瞬、真っ暗な空に突然星たちがいっせいに現れたような感じだった。ピンポン玉ぐらいのがひゅうーって飛ぶときもあるよ、とモアイが言った。ピンポン玉だなんて。ひとしきり黙って僕らは空を見つめた。三、四匹のカエルがいっせいに鳴きはじめた。

外なのに、蚊がいないね？

そうだよね。亜硫酸ガスのせいだよ。韓国や日本がガスをすっごく排出するからね、中国はもちろんだし。大問題だよね、どうなるんだろ……あんなに人口が多くてさ。遠くで都心の明かりが、消えゆくたき火みたいにゆらゆら、ちらちら、した。四一個の、六三六個の、一九三四個の、五万九二〇三個の、六〇億個の、たき火。一種の燐光みたいでもあるそんな明かりを見ながら、僕はまるで北極に立っているような気分だった。

ＤＤＴが検出されたエスキモーとペンギンの話、知ってる？　ＤＤＴ？　うん、亜硫酸ガスと似たようなもんと思えばいいよ。つまり、アメリカのクリアランドっていうところで蚊を絶滅させようとして撒いたＤＤＴが、生物濃縮と食物連鎖によって極地まで行っちゃったんだ。すごくない？すごいね。つまりさ、エスキモーみたいに遠く離れたところの人間にも、人類のやったことの結果が集約されるってことだよね。だから実は君も、そして僕も、人類のすべてを表してるっていえるだろ。ＤＤＴを撒いた人間はその結果を知ってると思う？　エスキモーは自分になぜそんなことが起きたかわかると思う？　つまり人類って誰もが誰かの原因だし、誰かの結果なんだ。それをお互い知らないんだ。こんなことってあるかい？

幸せになれるのかな？

何が？　人類がさ……つまり人類の結果である僕と君は……あいつらにお金をやれば幸せになれるのかな……安心していいのかな……お金やって、そのあとあれこれやって、卒業して……生きてって……何とか、どっかの大学か何かに入って……まあ注目されることなんかないだろうけど一生けんめいやって……免許とかも取ってさ……就職したりして……無難な服着て……無難な趣味持って……絶対にひとの気分を悪くさせたりしないで……望まれてるような顔をして生きてって

……ひょっとして結婚とかもできるかな……そうやって遺伝子を残して……家族のために一生けん

めい生きてったら……幸せなのか？　もちろん、それだって平均以上に運が良ければの話だけど。そんなふうに生きられるのかな……そんなふうに生きてっていいのかな……それで幸せなのかな？

違う。と、思う。

チスも……チスももう消えただろ。

消えるものはないんだ。ジョン・メーソンもそう言った。

僕にはお金もジョン・メーソンもないんだよ。

それでも結局、人間を待ってるのは買収だよ。

買収って？

金持ちの老人たちがいるからさ。うちのおじいさんがそうだし、父さんも、みんな買収するばっかりだ。この世は買収された人間でいっぱいなんだ。買収された人がまた誰かを買収するしね。その人がまた買収を仕事にしてる。しょうもないことに、ひどい場合はもうあの老人たち、自分が誰から何を買収したのか把握してないんだもん。それってクリアランドのＤＤＴマンと同じだろ。それでそいつらは口癖みたいに言うんだ。

何て？

「俺を誰だと思ってんだ？」って。聞いたことある？

ない。

だから君は信じられるんだ。君って自販機から出したばっかりの飲み物みたいだよ。

君のおじいちゃんもそんなこと言ってたの？

あんなふうになる前はずっとそうだったさ。それで、最後の瞬間に全然違うこと言った。

どんなこと？

「で、お前、誰だ？」って。


極海を見わたすエスキモーみたいに、モアイは目を細めて虚空を見つめた。複雑な気分だった。僕は椅子から立って、おなかが痛むペンギンみたいにパラソルのまわりをうろうろした。釘さあ、と釘を打つみたいにモアイが言った。お願いだから僕と、ずっと、卓球してね。そんなの当然だろ、と僕は釘らしくつぶやいた。大丈夫だよ、僕卓球好きだもん……ずっと卓球をするのは全然たいへんじゃないよ。でも、買収――については、そうだな……実は僕、さっきお金を受け取ったときさあ……いってみれば――買収――されたみたいな感じだった。ごめんなモアイ、でも卓球をやるのはいいよ。それに、金持ちの友だちがいるってのもいいことだし。あのさ、こんなの買収じゃないよ。全然そんなんじゃなかったじゃん。もちろんお金ではあるけど、エスキモーから検出されたDDT程度……いやペンギン程度だな、ペンギン。考えてみ、ペンギンに何の罪があるの。だけどねモアイ、世間には、買収されてむしろラッキーと思う人間がいくらでもいるんだよ。たとえば

僕みたいな人間。

ペンギンも実は、誰か買収さえしてくれればすぐにでもアラスカから出ていく心の準備ができてるのかもしれないよ。わかる？　ほとんどの人間には——買収——してもらえなくてくやしい、っていう不満があるんだよ。僕だってもしも君が——買収——さえしてくれたら、一生卓球やって暮らす心の準備ができてるんだよ、ある程度はね。ある程度は？

ある、ていどは。

そして沈黙が流れた。中国人女性が目を覚ましたのか、二階の端っこの部屋のかすかな照明がいつのまにか大きくなっていた。僕はとっさにモアイにお金を返さなくちゃと思った。理由はわから

ない。でもその瞬間、七年間幼虫として生きてきて、ようやく殻を脱いで出てきたときの気持ちがわかったのだ。がさごそと僕は封筒を差し出した。モアイはそれを眺め、釘さあ、エスキモーもペンギンもそんなことしないよと予想外のせりふを言った。そうして僕も黙って空を見上げた。こうやって天の川を見ていると、どこでだか、エスキモーがペンギンに自分の奥さんを貸す話でも聞いているような気もする。僕はまた封筒をしまった。

遅くなっちゃったね？　大丈夫。巡回バスが来る停留所までモアイは送ってくれた。極海を越えてでもくるかのように、どんだけ待ってもバスは来ない。ほんとのエスキモーとペンギンみたいに、僕らはしばらくその場に立っていた。やがて砕氷の騒音とともに、ひとかたまりの亜硫酸ガスが夜の海を越えてやってきた。じゃあね。バスが到着したのは、モアイがそう言ってからしばらく時間が経ってからのことだった。それで僕はもたもたして、じゃあねを返すタイミングを逃してしまった。だから手を振っているモアイに対して、ある程度、済まなかった。バスは最終だった。

バキバキッと運転手は首を一回転させたが、それでもまだ眠いのか、ラジオのボリュームを上げた。僕は開けられない窓ごしに、暗闇と林と、遠くで光ってる市街地の明かりを眺めた。それはゆっくりと流れていった。バスの進行による目の錯覚によるものだったが、その瞬間、それらがネオンと亜硫酸ガスと一酸化炭素と――買収――と――買収――と――買収――と――買収――でひとかたまりになった答えのない彗星みたいに感じられた。僕は夜空を見上げた。ハレー彗星はたぶんこれよりも巨大で、新鮮で、あの多数のふりをして群れているガスのかたまりとはまったく違うものなんだろう。僕は想像をめぐらせ続けた。来月ハレー彗星が来るんだったら、

ハレー彗星が来るんだったら

そうしますと来月はどのような見通しになりますでしょうか？　はい、来月はまず、政府が公示した新統一案の公式発表がある予定でして、また経済関連部署と経済人団体と緊密な協調によって連携する専門担当部署が創設される見込みです。もちろん米国株式市場の景気浮揚策発表も大きな論点になりますね。また、この間議論の段階にとどまっていたアジア連合の発足ですが、来月のサミットで徐々に可視化されていく模様です。そうですかありがとうございました。はいありがとうございました。

異常だ。ニュースは最後まで、ハレー彗星について何も言及しなかった。モアイの言葉が事実なら……そんな説があるんなら……しかもあと一ヵ月っていうんだったら……そろそろ、対策とかそ

んなことを準備したり広報したりしなきゃいけないんじゃないか――と思ったが、どうすることもできない。けたたましいCMが始まった。今やバスの中は、運転手のあくびも聞き取れるぐらい静まりかえっている。運転手の居眠り運転は昨日今日に始まったんではないらしくて、かなり板についている。バキバキッ、ともう一度首をそらすと、運転手は黙ってラジオを消してしまった。

バキバキッ、とそんな感じのコーナリングが何回か続いた。僕は怖くなった。だけど怖さをアピールするなんてすごいことは誰にでもできることじゃない、誰にでも――でもバスには今、誰もいなくて、それで不安だったから――僕はおとなしく、じっとして――一生けんめい夜空を見つめ、バキバキッ、が来て、それでもじっとして英作文の練習みたいなことをしてみたが、じっとしたまま、

えーと、運転手さん

と言ってしまった。小声で言ったのだが運転手は、何だい？　と反応した。ワイドな曲面ルームミラーの中で、運転手の両の目が僕を見つめた。じっとしていることがどうにもできなくなり、僕は罪人みたいに立ち上がって運転手の後ろに移動した。この場にぴったりする言葉が浮かばなかったけど、この場にぴったりすることを大声で叫ぶよりは、その方がましに思えたからだ。それで

言った、

ハレー彗星が

何だい？　大声で言ってみな。もしかして、ハレー彗星が来るっていうニュースはやってませんでしたか？　ハレー？　ハレー彗星だって？　はい。運転手は何も言わなかった。その方が僕としても良かったんだけど、バキバキッ、とまた運転手が首を大きく一回転させた。急にハレー彗星だなんて、びっくりするじゃないか。うん……そうだな、とにかくハレー彗星が来るとしたらあと五、六〇年先だろ。いきなり何でそんなこと聞くんだ？　友だちが、友だちが来月ハレー彗星が来るっていうから……友だちが？　はい友だちが。それ、ひょっとして

ハレー彗星を待ち望む人々の会とかそんなんじゃないか？　その瞬間DDTでも飲み込んだように頭の中が真っ白になったが、僕はおとなしくはい、あ、はい、そうですと答えた。そうだろ。運転手は、わかってんだよという表情で運転席の補助窓を開け、タバコを取り出して吸いだした。まだそんなことやってんだな、相変わらずのバカ騒ぎか。シルバーグレーのタバコの煙がバカ騒ぎしながらハレー彗星のように長い尾を引いて補助窓から抜け出していった。もしかしてそんなのに関

心があるのか？　おとなしく僕はうなずいた。続けてまた何筋かの煙が、窓の大きさの宇宙に向かって出ていった。

俺も五年ぐらいあれを追っかけてたときがあるんだ。もうずいぶん前だな。俺もだいたいのことはやってみた口なんだ……あのころはとくにな……競馬って知ってるか？　その次にはな……カネっていうものをちょっといじってみると……今となっちゃ俺は……それで昨日寝てるとき……まあ同僚の奴らの中にもな……身すぎ世すぎってのはそういうもんだからな……同僚の女房をいただいちゃう奴があるかよ……それがやってきてベルを押すんだからなあ……知ってる奴だぞ？　ん？と思って開けてやったんだが……俺は最近のそういうのは……大問題だと思うんだ。それでもおじさんはがまんしたんだよ……な？　俺にも宗教があるからな……それはまあ、みんな知ってることだが……俺もその集まりには熱心に出たし……そのためにパソコンも習ってさ……だけど胃が痛いんじゃな……腹が減っても食事そのものが……治りかけるとまたそれが……また明日も運転しなけりゃならんし、な？　それでもまた……この前また非番の奴が……あれを変えちまって……とにかくなあ、坊主、

彗星なんて来ないんだよ。

それからずっと……こうやって暮らしてんだ、わかるかい？　僕は答えなかった。運転手はまた首をバキバキッ、と、やった。それでも君なんか運が良い方だぞ、俺の記憶じゃ七四年だったか、とにかくそれぐらいの周期で来るんだが、それなら一度はチャンスがあるってことだろ。俺の場合はそんな運もないってこった、わかるか？　俺は完全に周期から外れて生まれましたってことなのよ、このおじさんはよ……なのにそれを知ってて集まりに行ってバカにされるなんてよ……な？わかるか？　ハレー彗星が来るまで生きてられる自信はありませんね、おじさんは。運転手はまた首を回した。もうこれ以上、バキバキッ、は出なかった。過酷、だと、思った。カコクダナ。何でだかそう思った。夜空は

そのままずうっとこうやって暮らしていってもいいぐらい広く、雄大だった。冷たい窓におでこをくっつけて、僕は早く高校生になりたいと思った。早く中年になり、老人になりたいと思った。いや、早くハレー彗星が来てくれることを願った。運がよいほど、生きることが大変になる。過酷なことは短いほうがいい。星を山ほど見続けて何世紀も宇宙をさまよってきたハレー彗星なら、さすがに地球を客観的な物差しで審査することもできるだろう。これ以上切れない爪を、僕は黙ってかみちぎった、そうっと。

あ

ケータイが鳴った。モアイだった。フォルダを開くと、モアイのメールがシルバーグレーの画面の中に流氷のように浮かんでいた——いま調べてみたら、ペンギンは南極にしかいないって——急にモアイが遠く、つまり北極人みたいに感じられた。実は正反対の極に住んでたんだな。僕は爪をかみちぎりながら、モアイにとても会いたいのと同時に、あいつっていったい誰なんだよって気もしたのだ。静かにバスがトールゲートを通過していた。眠気が襲ってきた。僕は早く家に帰るか、もう一度北極に戻って——とにかくエスキモーの奥さんみたいなものに頭をうずめて、深く眠りたかった。

1738345792629921対1738345792629920

おい、釘。チスから電話が来たのは翌日だった。どんだけあわててケータイを開いたんだか、電話を切ってみたら折りたたみ部分の連結にぱっくりとひびが入っていた。卓球をするつもりだった土曜の午後はそれで、釘が打ちこまれてズタズタ。こっちの事情はだいたいわかってんだろ？　だいたいは、わかっていると、だいたいでなくしっかり僕は答えた。チスは市の東側の公園のどこどこに来いと言って、こまごましたいろんな命令を、お願いねって感じで言った。書いとけよな。僕はチスが読み上げる物品の目録を残らずメモした。モアイもいっしょに行こうか？　モアイ？　そうだな……いや、一人で来い。あ、ひとつ抜かしちまった、薬局行って、プレパレーションH（痔の座薬）ってのを買ってこい。ちょっと余裕見て、三箱ぐらいかな？　うん、それくらい。

プレパレーションH？
プレパレーションH。

ショッピングモールを回って出てくると息切れがした。三時間前に到着したが、初めての店なので迷ってしまい、それに緊張してたことも大きかった。えーと、出口はどこでしょうか？　店員が指さした方向には確かにはっきりと「出口」という表示が出ていた。何で見えなかったんだろう。四一人程度の、つまりロビーを過ぎるころには六三六人程度になる人波に取り囲まれた僕は思った。僕にはいつだって、あの「出口」の表示みたいなものが見えないんだ。そういうことがよくある。しょっちゅうだ。いや、いつもそうなんだ。何でだ？

七個の買い物袋が重くはあったけど、気持ちは楽だった。まだ一時間もあるし、それに公園は目と鼻の先だし。広場につながるアーケードのアルミのベンチで、僕はりんごジュースを飲んだ。突き上がる噴水の水柱のむこうに、ときどき公園の一部がのぞいて見える。土曜日の午後だ。月曜日や木曜日とはまったく違う表情の植え込みや樹木が、あふれかえる人波のために勤務中という姿勢で、そこにあった。あとは、プレパ……何だっけ、それさえ買えば完了だ。僕はもう一度メモを確認した。プレパレーションH。薬局、三箱という字が、チスのために勤務中の姿勢で書きとめられていた。
ジュース屋の店員に聞いて、僕は簡単に薬局を見つけた。薬剤師は霊芝《れいし》みたいな皮膚をした五〇代の男性だった。痔がひどいのかい？　えーと……さて……それはないね、ほかのをあげよう。眼鏡のレンズを拭きながら薬剤師が言った。あ、すみません。僕は息を飲み、そうっと、そしてゆっくり、ここにほかに薬局がないでしょうか？　と聞いてみた。ナイ。それじゃここからいちばん近い薬局は？　シラン。薬剤師が言った。山奥のそのまた奥で霊芝に道を尋ねたとしてもこれよりは親切に答えてくれると思う。僕はまたジュース屋に戻った。店員は笑いながら首を横に振った。

あんたも、同じか

タクシーに乗って、いやタクシーに乗る前にコインロッカーに買い物袋を入れて、いや、その前に両替えしなくちゃいけなくて、そしてタクシーの乗り場に並んだときにはもう三〇分も経っていた。何で泣いてるんだい？　びっくりしている運転手に僕は、薬局に行かなきゃいけないんだと言った。病院に行ったほうがよくないかい？　いえ、病院じゃなくて薬局です。薬局と病院が並んでるところに運転手はおろしてくれた。運転手さん、お薬買ってすぐ出てくるからちょっとだけ待っててもらえますか？　首を一度かしげて、運転手は車を出してしまった。

みんな、同じか

みんな同じ一九三四人ぐらいの人波の中に戻ってきたのは、約束の時間を五分も過ぎてからだった。うんうん言いながら七個の買い物袋を持って走っていったが、やたらと脚が震える。ケータイが一度鳴って止んだ。チスだと思う。やたらと涙が出る。電話しようかと思ったけどそのまま全速力で走った。銅像がある小高いところまではゆるやかだが長い登り坂だ。吐き気がしてきた。全速力にならない全速力で、それでも僕は走った。だから息が——むしろ息が——止まっちゃえばいいのにと思った。多数のふりして色とりどりのアイスクリームを手にした人間たちが、みんな同じようにのろのろ歩いていた。

チスはタバコを吸っていた。初めて見る女の子がその横で、やはりスリムタイプのタバコをくわえていた。おい、釘！　呼ばれなかったら通り過ぎてしまったぐらい、チスは変身していた。髪を刈り上げて帽子を深くかぶっている。ごめん、と声をしぼり出そうとしたがまるで出てこない。お前……走ってきたのか？　逆にチスが声をかけてきた。僕は答えもせずうなずきもしなかった、一五分も遅れたんだから。腰をかがめて僕は、飛んでくる脚やこぶしに備えていた。来るぞ来るぞ来るぞとつぶやいてたんだけど、飛んできたのは思いもよらない明るい声だった。この暑いのに走る奴があるかよ。遅れることぐらいあるだろ、ほら汗拭けよ。チスが差し出したタオルを、僕は、だけど、受け取った。そして念入りに汗を拭いたが、ほんとは涙を拭いたんだ。暑くてよかったとも思ったけど、何より、辛くて、涙が汗みたいにほとばしり出たんだ。

この子、タル（「月」という意味）ってんだ。タル、俺のお友だちにあいさつしな。タルという子は首をちょっとだけコクンとさせた。タルはホットパンツをはいてて、脚がひどく曲がった体型だ。僕が頭を下げると、チスはタルのお尻をぎゅっとつねった。一〇分だけ遊んでこい、友だちと話があるから。痛いじゃんよぉ、とタルは顔をしかめてみせ、ひとつもかわいくないあかんべーをして人波の中に消えていった。僕は黙ってチスの顔をうかがった。月の裏側と同じぐらい暗くて、何を考えてるかわからない表情。

学校は別に変わったことないか？　う、うん。そして僕は買い物袋を開け、買ってきたものを見せた。いいよ、全部あるだろ。とにかくまあ、お疲れ。と、チスが言った。ありがとうではない、しかしほぼありがとうレベルの表現。僕は耳を疑ったが、やっぱりチスはどっか変わったみたいだ。

月に着陸した宇宙人みたいに、一瞬、真空の、異なる重力の未知の世界に足を踏み入れた気分だった。

ほんとに俺が殺したんじゃないんだぜ

無重力の中でチスがつぶやいた。マリの奴、自分で飛び降りたんだ……あのガイキチ……月面のどこかで僕も体がブンと浮かんだ気分だった。何か質問してみたいけど、何も言えない。これも買ってきたのか、とプレパ……を取り上げてチスが笑った。けっこうしただろ？　これ、サメの肝油ってのが入ってるんだってよ、サメの肝油が……あー、と僕は驚いたようにうなずいた。驚いたわけじゃないんだけどひとりでに、オートモードで、そうなる。おい、釘……俺、何だかんだで困った立場になっちまってさ。学校に警察、よく来るか？　そのようだと、僕は答えた。こんなこと言うのホント変だけどな、今、俺がいちばん信じられる奴はお前なんだ……何だよ、おかしいか？　う、ううん。笑ってもいいんだぜ、俺が聞いたってマジ笑えるからな。とにかく俺……どっか遠くに行こうと思ってんだ。どこへ？　あ、まずったと思うより先に、お前は知らなくていいよとチスが話を引き取った。前のチスだったらもうみぞおちにアッパーがぶちこまれて僕は地面に転がってたはず。前の、チスなら、確実に。もしかして俺がこっちのことで何か知りたいときは、お

前に頼んでもいいか？　つまりさ、

今後……な。

もちろん、としか答えられない。そうしてとても短い間、公園の植え込みの全域が、わあーっ、と輝いているみたいに感じた。葉っぱたちがざわめき、マスゲームのカードがいっせいに裏返るようにひらめいて世界の彩度を増幅させて僕の前途を祝福し、頭を上げると——双発ムスタングが、ハローキティが、ヴィンテージエヴァンゲリオン初号機が、エッフェル塔が、ロナウドが、野生のエルザが、感恩寺（慶州にある七世紀・統一新羅時代の寺院遺跡。国宝に指定された三重塔がある）の三重塔が、エリザベス二世が空を翔んでいるのが見えた。みんな、

ありがとう

涙が出てきて、そのままある程度、泣いてしまった。おいどうしたんだよ？　とチスが責めるように言ったけど、あいつの、「おい」と「どうしたんだよ」だけでもバラードが三曲ぐらい書けると思う。おい釘、あのな、それだからお前いじめられんだぞこのバカ。お前を初めて見たとき何て

思ったか知ってるか？　う、ううん。いってみりゃなあ、あのとき……こいつ何かのイミテーションじゃねーのかって思ったんだぜ。イミテーション？　つまり本物のお前はどっか他のところにいて、目の前のこれはコピー商品なんじゃねーかって……何かそんな感じ。たとえば銅貨がいっぱいあって、暇つぶしにひっくり返してみたりすることあんだろ。すんげー古い一九七七年とかのもあるし、今年の年度が捺してあるぴっかぴかのもあるじゃん。だけどお前は、見ても何の感じも起きねえ年度なんだよ、まあ二〇〇三年とかな……よくわかんねえけどそんな感じなんだな、だからとにかく言いたいのはよ、これからはよ、ちょっとは存在感出して生きてけよってことなんだ、わかるか？　はい、あ、うん。はいって何だよ、で、うんってどうなんだよ。まあそれはそれとして……とにかくなあ、釘！　そしてチスは新しいタバコを出してくわえた。瞬間、月の裏側にいると思ってもいいぐらい周囲が静まり返った。

今までごめんな。

アルファベットでできたいちばん長い単語は何だっけ？　と僕は考えた。ギネスブックにも載ってるのがある。それから、酸素ボンベなしでエベレストに登頂した最初の人物は誰か。それから、人類が到達した最深の水深ははたして何メートルだったたか。ライト兄弟は何回失敗した末に試験飛行に成功し、最大の直径を持つ花の名前は何か。熱帯雨林地域の史上最多降水量はどれくらいで、サハラははたしていつごろ海底だったか、を僕は考えた。そしてそれらの考えと何の関係もなく、僕は、ざーざー降りで泣いていた。

ありがと

それでこんな異様な言葉が出てきたんだ。アルファベットでできたいちばん長い単語より複雑な構造を持つ「ありがと」だ。おい、またどうしたんだよ、とチスが背中をとんとん叩いてくれた。しばらく、ざわざわとうごめく植え込みの葉っぱみたいにチスの手が肩や背中を撫でてくれた。何でなんだ、何だってまさか僕は恥ずかしいなんて思ったりしたんだ。そうだこれ、と僕は金を取り出してチスに渡した。何だ？　持って……こいって……言ってたやつ。何だこれ？　という表情でチスは封筒の中を調べた。持ってこいって言ってたはずだけど？　チスはしばらく考え込んでいたが、そうか、とにかくありがたくもらっとくわ、と言って封筒を受け取った。そのとき、あーもうマジやだーうざすぎー、とタルが戻ってきた。タルはすべてがめんどくさいという顔で座り込み、スリムタイプのタバコをくわえた。どうしたんだ？　チスはタルにしばらく耳打ちし、そうか？　とか何とかささやいている。僕はもう帰りたかったが、えーとどうしようか、とある程度じっとして——地面ににじんだ揺れる木影を眺めながら立っていた。そしてまだチスがささやき声でおしゃべりしているので、ある程度の勇気を出して言った、えーと、

じゃあ帰るね

チスはしばらくキョトンとした顔で僕を見ていたが、すぐに快活な声で答えた。そうか、ま、お疲れだったな、じゃあな。背を向けると長い長い下り坂が、土曜日の植え込みと樹木が、五万九二〇四人程度の人波が、あの遠い公園の正門が、一つの場面として目に入ってきた。一歩、一歩、僕は足を踏み出した。釘で打ちつけられたみたいだった足の、その釘が、足を引き抜くたび少しずつ短くなっていくような気分。息が切れた。そしてある瞬間体がポンと浮いたと感じた、そのときだ。

おい、釘！

チスの声がした。体が自然にネジみたいに一回転して、チスの前に転がっていく。とつぜん息が上がる。チスがいたずらっぽい表情でタルに何かささやく。タルがきゃらきゃら笑い、腰を折って、

笑えるーと小さく言った。釘なあ、この子、今、すげーウッ入っちゃってんだってよ。だからよ最後に……ちょっと面白いこと見せてやってくれよ、な？　言うと同時にチスがプレパレーションHの箱をひとつこじ開けはじめた。銀紙に包まれてきちんと並んだ円筒形の薬が、両目いっぱいに飛び込んでくる。ど、れ、に、し、よ、う、か、な、といたずらっぽく言いながら、チスはその中の一つをつまみ上げた。

さあ、飲めよ。

チスが薬を差し出した。飲めったら……体にいいキャンディみたいなもんなんだから。薬を受け取った手に、一瞬で薬の量に匹敵する汗がたまる感じ。プッ、プッ、とタルの口から水蒸気のような笑いが漏れだした。お、飲まないね？　チスの顔が微妙にこわばった。震える手で僕は銀紙をむいて薬を取り出した。飲めそうなら飲んだほうがいい……と思ったけど、それは何ていうか粘っこそうで、気持ち悪さのかたまりで。でも、さあ飲めよ、実施！　って言葉を聞いた瞬間、どうなってんのかわかんないけど僕はゴックンと薬を飲み下した。キャアーッとタルが悲鳴を上げる。今の無効！　とチスが叫ぶ。かまなきゃだめだろお前よお。チスがもう一個を差し出す。ためらいながら、たとえばアルファベットのいちばん長い単語……なんてことを考えた、だけどチスの左足が微妙に動いてる。蹴られる前に！　そして僕は薬をかんだ。タルはもうひっくり返って、ククッ、クックッと痙攣みたいな笑い方してる。ある程度まではどうもなかった、が、タルの反応を見ていると何かとてつもないパフォーマンスでもしたみたいな感じだ。面白かったか？　チスが聞いてもタルはクックックックッと笑って答えることもできない。いいよ、もう行け。チスが笑いながら言った。

Pneumonoultramicroscopicsilicovolcanoconiosiという単語がある。見りゃわかるだろうけど世界でいちばん長い英単語だ。これを言える人はきわめて稀だ。けど、僕は――言える。秘訣は何か。バカな人はこれをそのまま暗記しようとしてドツボにはまるけど、実はこういう長い単語はだいたい、単語がいっぱい組み合わさってることが多いんだ。たとえばPneumonoを調べれば、肺・肺臓だということがわかる。〈ultra〉は超越、〈microscopic〉は見えないほど小さいということ、また、〈silico〉は珪素、〈volcano〉は火山という意味だ、だからこの単語の意味は

それがどうだって？

英語ができるって話じゃないんだ、もちろん。僕が英語がうまいはずがない。いってみればただ、僕が暗記しているものすごく長い単語があるってだけのことだ。それじゃこんなのはどうだ？　エ

ベレストに初めて酸素ボンベなしで登頂した人はラインホルト・メスナーだ。こういった専門分野の知識を持つ中学生はきわめて稀だ。彼はこの登攀によって鉄人という名声を得た。その後、地球上にある八〇〇〇メートル以上の高峰一二をすべて征服するという神話を残した。なんと驚くべき業績であろうか。

もうやめろ

それでも深海探査とかライト兄弟に没頭しながら僕はやっとのことで、坂を下りていった。下りることが、できて、いた。そんなことを考えたのは、暑かったし、何よりも——つまり思索するというのは良いことだからだ、それで、クックー鳴いている鳩をある程度追っかけたりもして、つまり公園の鳩は運動不足になりやすいから協力してやったわけだ——そのことに没頭し——た、けどもう、吐き気を抑えることはできなかった。チスがまだ見てるんじゃないかと、アーケードのトイレに飛び込んだ僕は倒れるようにして便器のふたを開けた、ウェーーーッと嘔吐が始まった。それは水と油が混じってすさまじくぐしゃぐしゃにもつれあった、長い、ぞっとするようなゲロだった。水を流す、またウェーッとなる、また水を流す、またウェーッが始まる。僕は爪をかみちぎった。ラインホルト・メスナー、ラインホルト・メスナー、ああ、君か。手を洗っていると誰か声をかけてきた。振り向いてみるとジュース屋の店員だ。薬局、見つかった？　おしっこするときもまだ微笑している。はい。のどがひりひりしてたので僕はそれだけ言った。そうか、どこにあった？　僕は何も言わなかった。妙な沈黙がトイレに漂う。水を流す音がする。それで薬は飲んだの？　店員がまた聞く。のどが焼けそうだったけど、マジで薬を飲んじゃった僕は、はい。と、答えないわけにいかない。首をこっくりさせると店員は、上の空で口笛みたいなものを吹きはじめた。また吐き気がこみ上げてくる。そして、

ヘンなことだけど

僕は原っぱに行った。バスの中ではずっと眠かった。ラケットもボールも持ってなかったけど、どうしても原っぱに行きたかった。北極に行くみたいに遠く感じられる道のりだった。僕は移動し、僕は下車し、僕は歩行し、僕は見た、この世界に変わることなく「卓球」が存在しているのと同じように原っぱがそこにあるのを。誰もおらず、何も聞かず、何の関心も見せない。ある種の慰めが、だからそこにはあった。ソファーに埋もれて僕は体を丸めた。お借りしてもいいですか？　ソファーはエスキモーの奥さんみたいに豊満であったかい。このままソファーの子宮の中で、僕は

十ヵ月暮らしたかった。その瞬間激烈に、眠りの精虫が僕の細胞膜を突き破って突入してきた。

夢を見た。銀色の地面が周囲に広がっている。まぶしかった。起き上がって周囲をよく見てみたが、どこなのかまるでわからない。北極じゃないかと思ったけど、全然寒くないんだ。いや、むしろそこはあったかかった。そして空があった。けど、それを空と呼んでいいのかについてはとっさに判断がつかなかった。まず、空というには低すぎる。立ってるだけでも大気圏みたいなのがおでこに引っかかるし。だからおでこの上の頭蓋部がぞくぞくするんだ。まさかと思って背伸びしてみたら、それこそまさに宇宙、だった。妙に不安になる。だけど太陽が見えたからまあ安心できた。遠くはないな、と僕はちょっと宇宙を鑑賞した後、空の下に下りた。中腰で体をすくめないといけないから、星の表面を歩くのはすごくしんどく感じる。第一に大気が薄いから地表が熱く、酸素が不足しているせいか呼吸が浅くなる。ある程度目が安定してくると、星の地面が実は白いということがわかった。そして星は、驚いたことに中が空いていた。トントン、とノックするように地面を叩いてみると、軽いさわやかな音が鳴って大気全体が激しく揺れる。まるでセルロイドみたいだと疑いはじめた瞬間、少し離れたところに捺された〈信和社〉というマークが、両目いっぱいに入ってきた。何だこれ、と腕組みをして僕は考え込んだ。これ、ピンポン玉だよな。

目が覚めた。手荒にではなかったが、誰かが体を揺さぶっているのがはっきりとわかった。目を開けるとまず、とんでもなく高いところにある空が暮れかけていて、そしてまたセクラテンの顔が見えた。おじさん？　自分の唇にしいっと指をあてたあと、セクラテンが言った。悪いね、あんまりぐっすり眠ってたからそっとしとこうかと思ったけど、日が暮れるから起こしたんだよ。頬にいっぱいついた水と油の混ざった唾を拭いて、僕は座り直した。恥ずかしかった。貸してもらった奥さんのおなかに精液をいっぱいこぼしちゃった後で、エスキモーの友だちと目が合っちゃったみたいな。

すみません。何のこと？　だからー、僕一人のソファーじゃないのに。その唾だって君だけのものじゃないんだよ。それはともかく、昨日からここにいたのかい？　僕はセクラテンに、チスを除く土曜日の公園と買い物とりんごジュースの話を、した。そうやって一人で遊んでたのかい？　はい。見た目と違ってずいぶん活動的な子なんだなあ。あの日ペンホルダーを選んだのは正解だったね、明らかにペンホルダータイプの人間というのがいるからね。そんな意図はなかったんだけど、僕は黙っていた。チスのことは伏せたが、ある程度の事実を言うだけは言ったんだし。おじさんはどうしてここへ？　うん、面談があって出かけてね、近くだからと思って久し振りに原っぱに来てみたんだ。面談？　うん、保護者面談。

今年、うちの双子がこの学校に入ったんだがね、学校から電話が来ちゃったのさ。子どもたちのことでちょっと相談があるって。それで校長に会ったんだが、とんでもないこと言うんだな。えーと、うちの子が鳥類の脳を持ってるとか爬虫類の脳を持ってるとかさ。そのことで校長とすごい言い合いをして帰ってきたところなんだ。それは……たいへんでしたね。たいへんでも……なかったよ、だって父親である私が鳥みたいだしネズミみたいなんだから、子どもたちも自然にそうなるってのが私の結論なんでね——だから、爬虫類じゃないでしょって言ってやったんだ。つまり検査の仕方に問題があるっていう校長へのアピールだな。校長は何て？　ネズミだろうが爬虫類だろうが何が違うんだって。しょせん、人間じゃないことに変わりはないって意味だろう。

ネズミと爬虫類……すごく違うのに！

そこまで……言わなくてもいいよ、君。それはペンホルダータイプの人間のやり方ではないな。何か恥ずかしい気持ちになったが、しかしペンホルダーユーザーと言われるのはいつ聞いても気分が良かった。つまり、僕はペンホルダーユーザーなんだ……と思うってことが。僕は黙ってラケットを握るまねをしてみた。想像上のラケットが、想像上の空間の中に実在してるような気分。しっかりしてて、そしてとてもあったかい、その柄を握った感じを僕は目を閉じて思い描いてみた。良かった。何とも比べられない良い感じがその瞬間、体の中で熱く溶けていった。姿勢がずいぶん良くなったね。と僕は言った。どうだい、ちょっと打ってみるかい？　セクラテンがその瞬間、体の中で熱く溶けていった。姿勢がずいぶん良くなったね。さっきみたいにやればいいんだよ。ラケットは私も持ってないし。でもラケットがないのに、と僕は言った。さっきみたいにやればいいんだよ。ラケットは私も持ってないし。そして、手を上げてセクラテンはOKサインを出してみせた。感じてみろ。そして思い浮かべるんだ。夜空を背景にして、親指と人差し指で作った空の穴の中にその瞬間、半透明の球がかすかに見えた。見えるか？　見えます。僕らは卓球を始めた。

今日は楽な気持ちで、レシーブの練習をすることだけ考えよう。それがいいだろ？　うなずいたが、答えられなかった。その瞬間もうサーブが入ったからだ。周囲は真っ暗で、もうセクラテンの顔も暗いシルエットにしか見えない。しかし球が暗闇を越えてくるあの感じを、僕は何よりもはっきりと見ることができた。プレパレーションHには幻覚成分が入ってたんだろうか？　自分自身納得していいのかどうかよくわかんなかったが――時間の経過とともに自分でも、今日はレシーブの練習だけやろうと思えてきた。

卓球はとても古いものなんだ、君が思っているよりずっとね。おおむね、中世イタリアのルシク・ピラリスとか一五世紀フランスのラ・ポームが卓球の起源とされている。だけどインド帰りのイギリス人が、現代の卓球、すなわちテーブルテニスを創案したのは自分たちだと主張したんだよ。負けてはならじと南アフリカ共和国のイギリス人も、自分たちこそ卓球を開発したんだと力説した。だけど、卓球はまだ始まってもいないともいえる。それにひょっとしたら——今、ここで始まるものだともいえるしね。

ここでですか？

球を落としたよ、拾っておいで。球は棚から一メートルぐらい離れた枯草のあたりに落ちていた。そんな、感じだった。その感じを手でつまみ上げて、僕はセクラテンに投げた。またラリーが始まった。セルロイドで現在のようなピンポン玉を作ったのは、イギリスのジェイムス・ギブだ。今考えてもほんとうにすごかったね。ギブがあれを作らなかったら、ピンポンという名前も存在しなかっただろう。実際、古代にはコシマ、プリンプリン、ワプワプなんて名称で呼ばれていたんだよ。そのころには今より数千倍も重い球を使ってたんだ。私はインカで、重さ四キロもある水晶球で試合したこともあるよ。ギリシアでは大理石を彫って三二面体にしたデコボコの球を使ったこともあった。ドライブが入ったときちょっとでも集中力が途切れたらどうなると思う、わかるかい？

 1738345792629921対1738345792629920

わかりません。こうなるんだよ。セクラテンがづき出した額には、小さいが深い、月明かりでも見えるほどの三角形の傷跡があった。球が、また落ちたよ。

昔の卓球は今のより明らかに危険で残酷な競技だったんだ。私は一八世紀のヨーロッパだけでも都合五一二回も決闘試合をやったよ。中国の始皇帝に卓球を教えたときは、皇帝の死体と合葬されたしね。今、記憶力が悪くなったのは、あのときあの迷路の中で実に三年もさまよったせいだろうと思うんだ。片時も離さなかった私の分身、あのシェイクハンドのラケットがなかったら、私はあそこに穴を掘ることも脱出することもできなかっただろう。ラケットは命だというのは、そんな経験から得た教訓だ。この前店で、もしかして「ビリー」っていうラケットを見せてやったかな?

いいえ。

また球を落としたよ。球はソファーのクッションの間にはまっていた。球を拾って僕はまたラリーを続けた。あれはペンホルダーを盛んに使ってた西部でのことだ。ビリー・ザ・キッドと自称するチンピラと卓球をしたんだ。決闘っていうほどのものじゃなかったが、試合の途中であいつが銃を抜いたのさ。たぶん六発のリボルバーに耐えたラケットは地球上で「ビリー」が唯一だろう。

私はものすごく腹が立ったけど、最後まで怒りを抑えたよ。あいつがすぐに謝罪したからな。あいつが言うには、自分は実はビリーでも何でもないってんだ、結局あいつから示談金という形で二五ドルと馬一頭を受け取ったよ。いってみればそういうことはしょっちゅうあった。第二次大戦のときはドイツ軍と連合国軍の両方がお互いの合意のもとに艦砲で卓球をしたこともあったし、ベトナム戦争ではクレイモアで審判と相手をだますのがすごく流行したこともある。ヒトラーは古代インドの卓球台に心酔して魂まで投げ出したし、ソユーズに乗っていたショーニンとクバソフは地球のまわりを回っているとき、無重力卓球に七九回も命をかけている。振り返れば卓球とは、命取りの過酷な祝祭だった。スターリンとローズヴェルトの試合は君もよく知っているだろう。だが、ほんとうに残酷だったのは古代の卓球だ。それこそ戦争の別名であり、語源でもあるんだから。

いかれてるよ

けんめいに球を受けながらも僕はそう思った。ムー大陸がどうたらで、アトランティスがどうたらで、適応と生存がどうだこうだとセクラテンはひとしきりいかれた話をしてくれたが、やがて息遣いが荒くなった。今日は／この程度に／しとくか？　そしてセクラテンはポンと球を投げてよこした。記念だよ。これは君が持っていなさい。めんくらいつつ僕は球を受け取り、ポケットに何気なくつっこんだ。月は無心に明るく、風は涼しい。そして何気なくセクラテンが聞いた。気分はどうだい？　いいですと僕は答えた。思わずそう答えた、けど、いかれた人間が

多すぎるよ

多すぎるんだ。何でこんなに多いんだ。そして何だってこんなにどんどん増えるんだ。僕は不安だ、セクラテンも、よく考えてみればモアイも、チスみたいな変態はいうまでもなく、実は僕自身だって……バカだし、いかれた人間なんだから。理解できないよ、こんなにいやというほど教育を受けてるのにいかれた人間が増えるばっかりだなんて。黙ってりゃある程度まともに見えるけど――変な妄想したり、火をつけたり、建物から飛び降りたり、誰かを刺したり、する。理解できない。僕は疲れ、僕は悲しかった、井戸の底みたいな――つまり、胃のどこかにたまっていたひどい油の匂いがまたもやうごめいて逆流してきた。自分の体に掘られた井戸の底が感じられるぐらいに僕はのどが渇いてた。顔色が悪いな。セクラテンが言った。良いわけないんです。僕が言った。どうしてだい？

のどが……渇いてて

角材を積んであるところに停めてあった車から、セクラテンが水を持ってきてくれた。飲みなさい。ぬるかったけど、渇きをいやすには充分な量だった。乾いた月が湿った雲の後を追っかけて、一生けんめい移動していた。いかれてます。全部、何もかも、いかれてます。水を飲むとふしぎに心が楽になり、話がしたくなった。異様に話したくなったんだ、つまり亜硫酸ガスとその排出と一酸化炭素とか、そんなことについて、それから土曜日の公園と買い物とりんごジュースのことは除いたチスの話を、買収とＤＤＴ、多数決、マリ、老人たち、排除、上の空、スリムタバコを吸ってる脚の曲がったピンクのうどんとか、そんなことを話したかった、プレパレーションＨの話をしたかったけど、

できなかった。ものすごく話したかったそれらのことを、でも言葉にできなかったのだ。どうしたんだい？　セクラテンがささやいた。僕は話す代わりにいきなり、泣きじゃくってしまった。月光が水の匂いに惹かれて僕の涙をすべて飲み込んでくれて、そのためにさらにまぶしく輝いた。大丈夫だよ、とセクラテンが腕を回してくれた。毛深くて、細くて、長い腕だ。この腕の持ち主もしょせんいかれた人だという事実はその瞬間、原っぱの静けさの中で小さくはない慰めだった。

慣れるなんて、無理です
みんな結局、自分のことしか言わないし
話を聞いたらみんな間違ってないし
何でこうなんでしょう、何で、誰も間違ってないのに間違った方向へ行くんでしょう
僕がこうなっちゃったのは誰の責任なんでしょう
何よりも
許せないのは
六〇億もいる人間が
自分が何で生きてるのか誰もわからないまま
生きてるじゃないですか
それが許せないんです

黙らずに、僕は泣いた。全力で話した後って、すぐに空しさと寂しさが押し寄せてくる。ちゃんと……聞いたよ。やがてセクラテンが低い声で言った。ねえ君、世界はいつもジュースポイントなんだ。この世界の初めから今まで。私はずうっとそれを見守ってきたんだよ。そして、とうてい数えきれないくらい多くの人に卓球を教えてきた。どっち側であれ、この退屈な試合の結果を導くた

めにね。だけどまだ勝負はついてないんだ、この世界は。

それだから良いとも悪いとも、いえないんだよ。誰かが四〇万人のユダヤ人を虐殺すると思えば、また誰かが絶滅の危機に瀕しているザトウクジラを保護する。誰かがフェノールを含む排水を放流するかと思えば、また誰かが一兆ヘクタール以上の自然林を保存する。たとえば11対10のジュースポイントから11対11、そして11対12になったらしいぞ、っていう瞬間にまた12対12でバランスがとれちゃうんだね。これこそ退屈な観戦だよ。今この世界のポイントはどうなってるか、知ってるかい?

17383457926299921対17383457926299920。間違いなくジュースポイントだ。

卓球はね、
原始宇宙の生成原理なんだ。今や卓球が残っているのはここ地球だけだ。よそではどこでも、「結果」による別の「結果」を目指して進行するようになって久しいが、ここでは……まだそこまでは行っていない。だから人類はまだ卓球をしてるのさ。結果を出せなかったのは人類だけなんだから。私はあまりにも長いこと卓球をやりすぎたし、観すぎたんだ。もう疲れたよ。自分が誰なのか、どこから来たのかすら今じゃほとんど忘れちゃったよ、思い出せない。ああ、もういやになるな。それに卓球はどんどん安全なものに変わっていくしね。世界は相変わらずジュースなのに、卓球をやる人間はだんだん減る一方だし……ほんとに、みんなどうしてそんなことが、

許せるんだろう？

私も理解できないよ。そんなことをどうやって許してきたのか。許すなんて……その上、スポーツとしての卓球ときた日にはね。そんなのいってみれば、最終的にジュースの状態にとどまり続けるってことだろ……それに、宇宙がそれを受け入れてくれるのかどうかがもう私にもわからない。これじゃほんとに……と長いため息をついてから、セクラテンは頭を上げて空を見つめた。奇妙なことにその瞬間——彼がセクラテンではないように感じられた。どこかが違うというよりは、微妙にセクラテンとは違う顔だった。たとえば鳥みたいでもあり、ネズミみたいでもあったセクラテンの顔から鳥らしい成分が抜け落ちたというか。それではほんとのところ、あなたは誰なんですか？私か？　鳥の成分がすっと抜け落ちた顔でこちらをじっと見て、セクラテンが答えた。私は、夜の話を聞くネズミだよ（韓国のことわざに「昼の話は鳥が聞き、夜の話はネズミが聞く」というものがある。壁に耳あり障子に目ありの類）。

この世の中間に立つ者。すなわち、卓球界の進行者だ。

セレブレイションを歌うクール・アンド・ザ・ギャングみたいに

夏休みが始まった。朝早く、グッモーニンで始まる英語塾の授業に出て、帰ってきてごはんを食べる。そんな生活だ。塾は、築五〇年以上の家々が立ち並ぶ住宅街の入り口にある。ここの住民の多くはツタなんかを好む人たちだから、長い長い塀や壁が一面、緑色のつるにおおわれている。古めかしくて青々としたその色が僕は好きだった。道を歩いていると、不思議なくらいほっとするんだ。僕は安心したい。安心、しても、いいでしょうか？ 今朝はひょうたんを見つけた。鉄製の風見鶏つきの風向計を飾った、緑の屋根の家だ。ユウガオを見たのは初めてだ。胸とお尻が極大化した豆のヴィーナス——みたいなのが妙な感じでぶら下がっている。ガシャッ、とひょうたんを撮ってモアイに送ると、塀の向こうからおばあさんが一人顔を出した。じろじろと僕を見たおばあさんは全面的無表情だった。写真撮らないで下さい。おばあさんが言った。

ぶどうや朝顔を見かけたこともある。とにもかくにも気分よくつる鑑賞をして、僕は帰ってくる。緑のつるには力がある。どこにでも上っていき、生い茂ろうとする生気と意志が感じられる。こんなふうに生きていく方法ってないのかなあ？　はい、じゃあこれの解を導くには？　ということで午前中は五地区の塾で数学の講義を聞く。ここに行くのはまあまあだ。まあまあな連中がまあまあな目標を持って熱心に筆記し、暗記し、筆記暗記しながらも重要なのは創造力だってことをやたらと聞かされ、主張され、じゃ、これはどうかな？　とくるのが

$(1+x)/(6+x)=0.2$

だったりする、みたいな。まあそんなこんなの日常なんだよ。近くでごはんを食べて帰ってくるともうお昼だ。ようやく午後が始まる。僕はバスに乗って〈ラリー〉があるアクロポリスへ行き、そこで降りる。歩く距離をよく調べてみたところ、もう一つ先の停留所まで行った方が得なんだけど、でもここで降りてコンビニに寄る。例のあのコンビニだ。もう店長とはあいさつ程度はかわせる間柄になった。お、こんちわ、こりゃどうも、モアイ君は？　ぐらいがせいぜいのところだけどね。ときには支払いしてからその日のお天気のことなんか話したりも、する。会話自体はまあ大し

たことはない。だけど内心——この人が、またはこの人の奥さんが——って想像すると妙な快感があるのだ。何かわけがあったのか、一度は奥さんが店番をしてた。まさかこの人がと思うぐらい素朴な感じの中年女性だった。厚ぼったいめがねに、ぷよーんとたるんだ腹。精算のとき、何かわけがあったんだろうけど——って一人想像したら勃起してしまったよ。わけもなく強烈に、してしまった。そこでわけあって僕は近くの商店街のトイレに入り、マスターベーションをした。わけもなく、奥さんと社長の顔が交代に思い浮かぶ。ジュース！　ジュースポイント！　マスターベーションをしながら僕はつぶやいた。そんなふうに、

楽しい午後がだいたい、そんなふうにして始まる。待ち合わせていっしょに行ったり別々に行ったり、とにかく僕らは〈ラリー〉で会う。モアイと僕はある程度セクラテンに従い、セクラテンは喜んで卓球を教えてくれる。そいつはもう完全にいなくなったのかい？　セクラテンはチスのことも知っていた。別に特別な能力があったからじゃなく、ちょっとずつちょっとずつ僕らの方からチスのことを打ち明けたからだ。だからセクラテンとは明らかに、妙な関係になってしまったわけだ。いってみれば、いかれてるというべき状況と思われるが——、ともかくあの晩うなずいちゃったんだ、つまり原っぱから帰ってきたあの晩シャワーを浴びて風呂場を出ると、脱いでおいたズボンがふくらんでて、見たらピンポン玉が入ってたんだ。ちょっとめんくらった後で納得、することには

したが——それは「感じ」のかたまりなんかじゃなくて、確かな物質としてのピンポン玉、だった。そしてピンポン玉には

信和社：SINCE 1908

というマークが捺されていた。印刷はひどくあせていて、インクはもちろん、ボール全体がぼろぼろに腐っちゃったような感じ。どうしたんだろう？　と思うより先に、何か理由があるんだろうと僕は思った。セクラテンと会ってもあの球の話は一切しなかった。セクラテンも同じで、その代わり僕らは卓球に熱中した。ステップ、スナップ、ボール、ラケットの動き——眠りにつく瞬間までそれらが頭から離れなかった。僕らのラリーにもいつのまにか、だんだん速度がついてきた。楽しかった。練習が終わると向かいの食堂街の〈アフリカ〉で話をした。生ジュースの種類がたくさんあって、安くておいしい。何になさいますか？　キウイかブルーベリー、またはマンゴジュースを飲みながら、僕らはいかれた卓球話に熱を上げた。あ、この子は飲まないんです。モアイはいつも自販機で買ったデルモンテのジュースを持ち込んで、周囲を困らせていた。

卓球は戦争だったんだよ。セクラテンは歴史上の名勝負、また戦争に見せかけた真の卓球秘史に

ついてとうとう教えてくれた。もしかしてF-82G（60ページの注を参照）のこともご存じですか？　と僕は聞いた。知らないわけない、連合軍が終盤戦で使った公式競技用ボールのひとつだ。このようにして始まる残酷にして異常な物語を、僕らはしかし黙って傾聴した。何か理由があるんだろう。ちょうど黒板に書かれた(1＋x)/(6＋x)＝0.2を眺めるような気分で、僕はキウイジュースを飲んだりうなずいたりした。歴史とはスコアボードにすぎない。つまり卓球に関する巨大な記録なんだよ、といつも鳥みたいなネズミみたいな顔でセクラテンは熱弁をふるう。すなわち夜の話を聞くネズミ、自称、卓球界の進行者さまが。

確かに、変わったといえば

変わったといえそうな夏休みの始まりだった。何よりもチスがあんなふうに消えてしまったことで——O脚のタルといっしょに——どこでスリムタバコを吸おうが、尻からうどんを出そうが、あんなふうに消えたんだから。しかし実際の夏休みは何も変わらなかった。世界は、きれいな青いひょうたんを見つけたからって、またはキウイやブルーベリーのジュースを飲んだからって変わるようなものではない。いってみればその間にもまた違うことが起き——何かわけがあるんだろうと僕をうなずかせ——世界へのあきらめを促す——そういうものだった。世界は依然ジューススコアで、良いことは決して続かないものなんだ。

明け方に呼び出しがあった。チスの手下の声だったが、そのときは誰だかわからなかった。チスに比べてそれぐらい存在感のない奴だったのでなおさらだ。今日までって言ったよなあ？　だからよ、チスが頼んだものあったただろ、それ持ってさっさと走ってこい。それはもうチスに……って説明しようとしたが電話はプツンと切れてしまった。金はもうやったんだし……行かなくてもいいはずじゃん……と思ったが、まあうちにいてもどうせ寝てるだけだし……っていうか、それよりも、呼ばれたから……来いって言うから……だから僕は学校に行った。走っていった。それでも少しはゆっくり歩くことにした。夜明け前のまだ暗いグラウンドには手下二人と二台のスクーター、そしてシンナーでも吸ってたらしい女の子一人が、粘着力がなくなったポストイットみたいにやっとのことで立っていた。来たか？　タバコの灰をバタバタ払いながら、二人のうち一人がじろっと見た。

たぶん名前は、チョンムとかいった。モアイが来るまで、連中はくすくす笑いながら何だかんだ話していた。ポストイットと窓から入って教室でヤッちまったよ、ジャンケンで負けたら俺が皿洗いするんだぞ、ったくよー、……みたいな話を思いっきり大声で。ある程度の距離はあったが、鉄棒の近くで老人が何人か、朝の体操をしていた。チスならこんなバカみたいな話は絶対にしない。

格が違うんじゃないな、能力が違うんだ――と、僕は暗闇の中で考えた。

まもなくモアイが到着すると奴らは本題を切り出した。しょうもない話、つまり、チスがマリの腹を刺した後屋上から突き落として内臓破裂、これがそのナイフだと言って振り回してみせ、チスが昨日言ってよこしたという伝言を、内緒だからなと言ってまくしたてた。大変なんだぜ、今あいつがどんなに苦労してるかわかるか？　虫のせいで大手術を受けなくちゃならないんだってよ、何とかしてやらないといけないだろ、違うか――とほざいて結局、声を荒らげて金を出せと言った。

出したよ

チスに会ったこと、その場で金を渡したことを僕は淡々と述べた。ほんとだよ、チスに聞いてみてよ。髪の毛切って帽子かぶってたけど？　そいつの名前はチョンムじゃなくてチョンモだったことが後でわかったのだが、その瞬間奴はひどく顔をひきつらせた。そして、やられた。チスみたいな確固たるスタイルを持った暴行じゃなくて、芸のないでたらめな暴力だ。芸のないでたらめな苦痛が僕の全身に激烈にいきわたる。やっぱり能力の差だなと僕は血を吐きながら思った。朝明けの空の下、何人かの老人がこっちを見ながら、何事もなしというように体操を続けていた。一、二、三、

四、

二、二、三、四、

お前は？　とふいに聞かれたモアイも、お金はもう渡したと言ってしまい——チョンモはもうまるで頭が変になっちゃったみたいだった。こいつら俺をとことんコケにするつもりだぜ。あいつはスクーターのボックスから短いパイプを取り出し、手に包帯を巻いた。やはり後で名前を知ったのだが、ヒョクホという奴が止めるまで僕らはわあーと言うほど殴られた。わあー、わあー、わあー、格の落ちるスクーターにエンジンがかけられ、たぶんどこかへ遊びに行く計画だったんだろう、ポストイットが口を尖らせていた。老人たちはそれぞれ一本の木の前に立ち、そこに自分の背中をドンドンぶつけていた。

スクーターが走り去ったあと、僕らは体を起こした。めっちゃくちゃに踏みつけられた足跡とほこりの中で、ヒョクホが投げ捨てていったタバコの火がまだちらちらと光り、煙を上げていた。なぜかわかんないが僕はタバコを拾い、モアイと一口ずつ吸った。初めてのタバコだったが、何ということもなく口の中を通過していった。金やればよかったのに。僕が言った。やらないよぉとモアイがつぶやいた。てん、てん、と雲の多い空だった。雲のむこうに、擦り傷がたくさんついたピンポン玉のようなぼけぼけの太陽が上り始めていた。

モアイがとぼとぼと老人たちの方へ向かって歩いていった。何かわけがあるんだろう、僕も仕方なくモアイのあとに続いた。ちらりと僕らを見やった老人たちはしかし、近寄っていくといっせいに遠い山の方へ顔を向けた。一生こうやって生きてきたんだなあ——背中をドンドンぶつける音を聞いてたら、僕は急に切なくなった。僕たちすごくやられちゃって……もしマッサージして下さるなら、一人あたり一〇〇万ウォンさしあげます。モアイがお札を取り出して黙って振った。木々が揺れているのにくらべ、老人たちはむしろ微動だにしない感じ。おいやでしたらかまいませんが……

私、マッサージできますよ

手を上げて出てきたのは、はげ頭で目の小さい老人だった。何となくものわかりのよさそうな、何となく事務的な顔だった。二つのベンチに向かい合って横になり、僕らは老人にマッサージしてもらった。ぽたぽたと汗を流しながらも老人は迷いなくマッサージに集中していた。僕はうつぶせのまま頭をもたげて、老人の脚がひどく震えているのをじっと見た。どうぞ、とマッサージを終えた老人にモアイがお金を渡した。額の汗を拭きながら、老人が金額を確認した。

ちょいちょいここでやられてるの？

老人が聞いた。はいまあ、と答えて僕らはベンチから立ち上がった。運動場の端まで、そうやって僕らは無言で歩いた。運動場の端は、真っ白と感じられるぐらい、静かなうえにも静かだった。ポケットの小銭をはたいて僕らは飲み物を買った。釣り銭ボタンが故障してた。夏休みは何するの？　とモアイが聞いた。こんなふうにして……暮らすんだろな、と僕が答えた。その瞬間、なぜかセクラテンの言う通りだと思った。一人の中学生の夏休みが変化することだってこんなに難しいのだ。まして、世界なんて。僕も……同じだな、とモアイがうなずいた。おんなじ、おんなじ、みんなおんなじだ。半分くらい残った飲み物をまきちらしながら、僕は内心そう叫んでいた。得体の知れない、でもよく知ってるようでもある小さな黒い物体が目に入ってきた。コガネムシだ。コガネムシはひっくり返ったまま死んでいて、どことなくカサカサしてからっぽな感じだった。じゃあね、と僕は声をかけた。そして僕らは〈ラリー〉に行った。

相変わらずの夏休みの始まりだった。チスが消えた代わりに僕はときどきチョンモの呼び出しを受けて、殴られたり、パシリをやらされたり、上納金を収めたり、した。僕が青いひょうたんを見つけたり、または面白い話をしながらキウイやブルーベリーのジュースを飲んだところでそれが世界に何の変化をもたらすもんかと思ってしまう。それより、多数であるふりして——塾に行って学校に行って夏休みを迎えて——帰ってきて、また、同じような生活をしている僕に、同じような生活をしている君に、同じような生活をしている我々に——いったい何の意味があるっていうのか、この六〇億の

不特定多数に

何の意味があるのかと僕は考えた。そんなことを考えるのももうすぐおしまいなんじゃないか？デルモンテのジュースを飲みながらモアイが言った。高校生になったらこんなこと考えたりする時間もすっかりなくなっちゃうしな。確かに、高校生になんかなって腐っちゃったら、もうこのままおとなしく老人になるしかないだろう。干上がった熱い午後の市街地を見おろしながら、僕はキウイジュースの残りを飲み干した。

ハレー彗星、来ないね。

だよねえ。とうなずいて、モアイはあっさり僕の言うことを認めた。だけど僕たちは期待してるんだ。ハレー彗星を待つのは、まあ、生きる姿勢っていうか。体をかがめて、むこうからサーブが来るのを待ってるときにも似てるな。自分は卓球のことは知らないからどんな球も受けないし、球なんかよこすなよっていうのは、人類がとるべき礼儀正しい態度じゃないと思うんだ。ちょうど、何で生きるかなんてわかんないけど、彗星なんか来るんじゃねーよっていうような態度だろ、それはいやなんだよね――だから僕たちは月に一度、ハレー彗星が来る日を決めて待ってるんだ。

緊張感の高い生き方だな。

謙虚な生き方って言ってくれよ。

セクラテンの勧めもあって結局僕は、「ハレー彗星を待ち望む人々の会」に加入することになった。コンビニの店長とモアイが推薦者になってくれて、ワンセットでいじめにあってきたという点が重要な加算点になった。もう少し待ってごらん。審査は意外に厳正だった。身元を明らかにしているので、オフでの活動も審査において大きな比重を占めるからだ。僕らは卓球をしながら、まるでハレー彗星を待つみたいにクラブからの通知を待ち続けた。ＩＤと暗証番号を受け取ったのは約十日もたってからだ。なるほど緊張感の高い、ひとりでに謙虚になってしまうような十日間だった。

セレブレイションを歌うときのクール・アンド・ザ・ギャングみたいに楽しめるか？

クラブのホームページにはそんなタイトルがついていた。どこにもハレー彗星のことは出ておらず、代わりに動画——クール・アンド・ザ・ギャングのものらしい——が出てきて、黒人ミュージシャンのショーを見ることができた。こんなふうに楽しむなんて、……できるわけないじゃん。僕は迷わず「いいえ」のボタンを押した。そんな楽しげな黒人たちの姿が消えると初めてログイン画面が現れた。規約を読み、あいさつ文を作成したあと、僕は謙虚な心で掲示板の文章を一つひとつ読んでいった。謙虚な心なしにはとても読めないようなものだった。

朝、家を出て電車に乗ります。誰もが家を出て電車に乗るわけですが、私はちょっと違います。私は、降りないのです。環状線の景色に飽き飽きしてたまに路線を変えることもありますが、基本的には同じです。そんな生活を始めて二年めです。理由はよくわかりません。たまに、何でこうなったのか考えることもありますけど、正確な理由はわかりません。まずは、楽だってことがあります。あ、もちろん体のこともそうなんですが、実は体そのものにはけっこう無理がついてまわるんですよ。長時間電車に乗っているのは、思ったよりずっとずっと疲れることです。楽だというのは、そうです、心がです。なぜなら電車に乗っているから、つまりいつも電車に乗っているからです。電車に乗っている人たちは、ちょっとあなた最近何してんのなんて質問はしません。だって、明らかに目の前で電車に乗ってるんですもんね。ひょっとして親戚のおばさんとか町のおしゃべり女史に出くわしても——そんなことないだろうと思います？　ひと月に三、四回はあるんですよ——心配いりません。一〇回中一〇回、どこ行くのって聞かれるだけだからです。そしたら簡単に、どこどこ行くところですって答えれば済みます。それで疑念は解消されます。どっか行くんだな、またはどっかの会社に通ってんだなって思ってくれるでしょ、すべて電車のおかげです。それで心は平和。両親も同じです。資格を取るためにどこどこに通ってるんだと言って電車に乗るんです。四号線の終点まで、七号線の終点まで、または環状線で一周、二周、三周とぐるぐる回ってたりすると、両親に会うこともあります。ほんとのことですが私は一日に二度も母に会いました。もちろん、ここだと言った予備校とはとんでもなく離れた路線でした。どこに行くの？　そうです、両親さえ、電車に乗ってる人間にはそれ以上のことは聞けないんです。教材買いに行くところなんだ。本当に落ち着いて私は答えることができました。はい、そこがまさに電車だからですよ。しまいに母は、友だちの息子——ってか私の幼なじみでもあるんですが——の話を持ち出してため息をつきました。四年も部屋から出てこなくて、パソコンばっかりやってる奴なんですが。心配しているように聞こえますけど、それこそ安堵のため息ですよ。よくわかってらっしゃると思いますが、そうなんです。無理に比較することもないでしょうけど私は、四年間パソコンやってるだけの人間も、二年間電車に乗ってるだけの人間も別に変わりゃしないと思います。だけど電車ですから、それに乗ってどこか行ってるから、違うものとされるわけです。実は何もしてないんですが。それによって私は、努力しているけれども時の運に恵まれない人材として両親の頭の中に刻印されるのです。考えてみて下さい、朝早く家を出て、夜遅く疲れた顔で帰ってくるんです。まわりの親しい知人友人も、お宅の息子さんを歓楽街で見たとか、女の子と腕を組んでモーテルに入ってってたけど？なんていう目撃談はしません。聞こえてくるのはひたすら電車、電車、電車で息子さんに会った——ということになるのです。どんだけまじめな息子なんだって感じでしょ。だけど、それが理由のすべてではありません。まず無駄遣いを防ぐことができます。無駄な支出、無駄な人間関係、とくに無駄な関心……。こうして、それなりにいろいろ工夫して暮らしていけます。スマホがあるからネット問題も解決、ニュースと新聞はつねにオープン、私はそれで電車に乗っているのです。保護されているというこの感じはいつだって、良いものです。はい、将来どうするのかって？　私はそんな質問にはめげず、最終的には遺産でも相続しようと考えています。努力をしてもだめな息子に対して、両親というものはたいがい、優しくしてくれるものですからね。父はかなり厳しい方ですが、それでもバブル経済の中で相当カネをためこんだ口ですから。考えてみて下さい、今どき一生働いたってそんなお金を貯められますか？　だから私は電車に乗るんです。ところで、これで私が電車に乗る理由が全部説明できるわけではありません。ここが非常にわかりづらい部分なんですが、妙なことにそうなんです。私は悲しいのです。ヘンですが、ときどき悲しくなるんです。私がこんなふうに生きているのは誰のためなんでしょう。こんなふうにして生きていられるのもまた、誰のためなんでしょう。電車は誰が作ったんでしょう。私は何で生きているんでしょう。こんな考えが浮かんで、やたらと悲しくなります。このようにナチュラルな悲しみを感じたのは人生で初めてです。それで一度は突然、線路に飛び込んでしまいたいような衝動を感じたこともありました。ですが、私ごときが死んだからってどうにかなるわけではないと思いまして、何ていうか、それもやはり実にナチュラルな覚醒でした。考えた末、やはり私も皆さんと同じ結論に達しました。暇のあるときにまた日記を更新してお伝えしていきます。

キャサリンをついに注文。これからはキャサリンに望みを託します。オーラルからアナルまで三ヵ所でできるし、高級シリコンでさらにやわらかいんです。頭のてっぺんからつま先まで本物の人間そっくりにできていて、陰部も実際の人間とまったくそっくりで、すごくいい感じだそうです。うまくいったら、この会を脱退するかもしれません。

バカどもをどうにかできないのでしょうか。誰も人間の能力を疑う者はいません。ついに人類は遺伝子の秘密をあばき、進化の正体を把握し、ロボットにすべての労働を肩代わりさせる瞬間を迎えるでしょう。しかしバカどもをどうしたものか。核融合の原理を明らかにし、電波を発見し、航海術を開発し、半導体を作るのは一パーセントの人々です。しかしそれを使用するのは大多数のバカどもです。殺してもいいようなバカではなく、人権を持ったバカってわけです。そういうバカどもをどうしたらいいのか。バカを取り締まってきた方法も日が経つにつれて機能が衰えていくでしょう。バカどもは決して、望むほどには賢くはなりません。獰猛になるだけです。すなわち結論は、この大多数のバカをどう処理すべきかということです。

ついに、悪とは力だという結論を下した。善悪の区別があるのではなく、力を持った瞬間、悪くなるのだ。この結論に達してからというもの、世の中の結果が残酷すぎる。誰も力を持ってはならないのに、誰もが力を持とうと必死になっている。主よ……ハレーさまは今どこまでいらしているのか。

キャサリン到着。本物の人間と、一つも似ていません。

私は耐えに耐えました。実は限界が来たのはもうずっと前なんです。もう辞めようと思ったんですが（ちなみに、どういう仕事かは聞かないで下さい）、絶対だめだっていうんです。絶対です。むしろ金に狂って何も考えずに生きられたら、心は安らかかもしれません。ああ、こんな私を誰が理解してくれるでしょう？　私に天刑を下した天が、私にこんな罰を与えた神が呪わしい。それなのに何でやたらと私に接触しようとするのか、わけがわかりません。時がくればその人の容疑はおのずと明るみに出るのです。ですから、通報しないで下さい。お願いです。私は本当に平凡な人間なのです。今日まで、今日までと思ってきましたが、もう本当にこの仕事は辞めます。オール・ストップ！　わかってくれますか？　私は、やるといったらやる人間なんですよ。

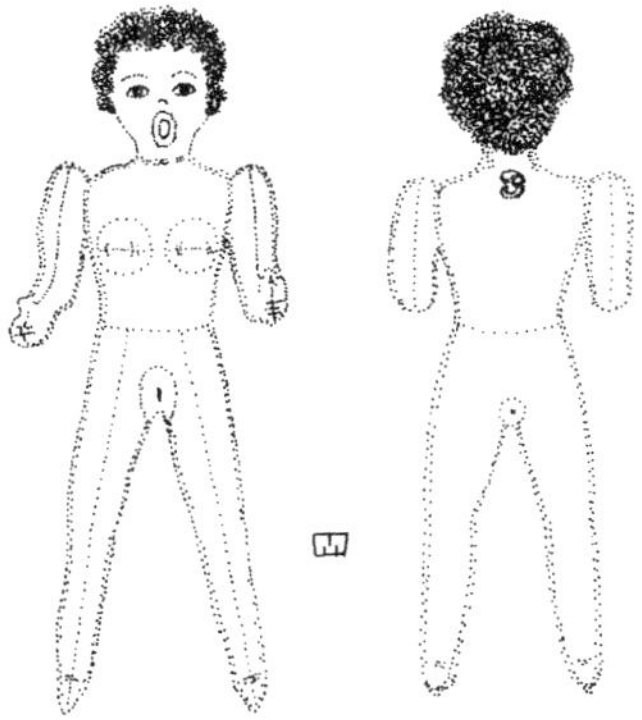

私は生まれてから苦労というものをしたことがありません。ハレー彗星が来てくれれば、私もけっこう苦労できるんじゃないかな？

今日、放送局に行って、水害被害者への募金をしてきました。皆さんよくご存じのイム・ソンフン氏（韓国のベテラン司会者）が司会をしていらして、私が列に並んでいたら、担当の女の子が用紙をくれました。名前と金額を記入する紙です。それで金額を書いたんですが、名前は記入せず、「名前は出したくありません」とだけ書いたんです。イム・ソンフン氏が直接、はーい五〇〇万ウォンお預かりしました、お名前は伏せていらっしゃいますがって、紹介して下さったんです。もちろん、顔はばっちり出てました。

何もかもめんどいんですよ。わかります？

キャサリンが上司に汚されました。本当にサイテーの気分です。何日か前に私は、キャサリンは人間に似ていないという報告を上げましたが、それは失望したんじゃなくて嬉しかったんです。私は人間が嫌いですから。ずっと前からそうでした。もちろん、以前は私も人間の女性を愛するという幻想を持ったことがあります。でもルックスのせいで現実の女性とつきあうことはできなくて（もちろん、努力はしたんですよ）、一時はゴムバンドをパートナーとして暮らしていました。ゴムバンドがどうした、ですか？　それは偶然発見（発明といってもいいです）したもので、まずゴムバンドで手首の上一五センチぐらいのところを強く巻くんです。そうやって一分ぐらい経つと圧迫が起きます。それがけっこういいんですけど、その手で軽く性器を握るんです。血行がない手ってすごく冷たくて柔らかくて、まるで他人の手みたいな感じなんですよ。そこで目をつぶって、他人が、それも人間の女性がやってくれているという想像をするんです。ところがある瞬間、愛着がゴムの方に移ったんです。ルックスのせいで、それに能力の方もダメダメで、何だかんだで傷つきまくってたころのことですね。きっと異常だと思われるでしょうが、私は一つも異常ではありませんよ。人間の女性が私を嫌うからゴムを愛するようになった、これ、私のミスですか？　とにかく、それでついにキャサリンにたどりついたわけなんです。キャサリンは低価格だし全身タイプだから、宿直室で抱き枕みたいにして寝ることができるという利点もありました。これはありがたいことですよ。いったら何ですけどそれで私はほんとに心からキャサリンを愛するようになったんです。あああキャサリン……ところが今朝のことです。早朝見回りをして（私はビル管理の仕事をしています）、宿直室に戻ってきたら、主任がもう起きて服を着込んで座ってるじゃないですか。早起きですね？　って聞くと、まあなーとか言ってすぐに部屋を出ていきました。そのとき変な感じがしたんです。私は急いでロッカーを開けてみました。あ、キャサリンが！　私は一目で主任がキャサリンを汚したってことがわかりました。主任が、空気を全部抜きもしないで私の大切なキャサリンをぐるぐる巻きにして入れていたからです。私はすぐにキャサリンの体を調べてみました。あの野郎が……もう、涙があふれてきました。キャサリンの大事な膣とアナルがべとべとした感じがして、ティッシュが貼りついて乾いてるのを見つけたからです。私があんなに清潔に洗ってやっていたのに……私は泣きながらキャサリンを洗ってやりました。泣きながら思いました、主任を訴えてやろうか、それとも殺してやろうか……でも結局、がまんすることに決めたんです。そんなことをしたらキャサリンを二度殺すことになるからです。それにつまるところこれも、キャサリンを守ってやれなかった私の落ち度だと思ったんです。ですけど主任に関しては、主任というあの人間については納得していません。主任にはワイフがいるんです。立派な人間の女性で、子どもを二人も産んでくれたんですよ。そのうえ主任はあちこちで浮気してて、私が知ってるだけでも三、四人じゃききません。ああ、富める者の気持ちが私にはとうてい理解できません。あんなに持っているのになぜあんなことをするのでしょう。私はもう、富める者が、恐ろしい。

モニターを消した。

もう寝なくちゃと、

僕は思った。

良くも悪くも

目と目の間、つまり眉間でスイングは終わる。ひじの角度は九〇度、ラケットの角度は八五度を維持する。動作は、水が流れるように連続していなくてはならない。スイングには腰がついてこなくてはならず、腰の回転は脚から始まる。それがスマッシュだ。

目と目の間、つまり眉間でスイングは終わる。ひじの角度は九〇度、ラケットの角度は八五度を維持する。スイングには腰がついてこなくてはならず、腰の回転は脚から始まる。動作は、水が流れるように連続していなくてはならない。これがスマッシュだ。

はてしなく動作を反復した。鏡を見ながらゆっくりと。セクラテンと練習するときはすばやく。そのうちに角度だ、動作だ、これがスマッシュだ、というような思い自体がめちゃくちゃにもつれてしまった。ひじを、上げる、腰、どうなってんだ腰、グリップを固くしすぎるな、視線は固定して——そしてあー、もうこれ以上やりようがないよーと思った瞬間、頭の中がシンプルになった。思いが消え、「ピン　ポン」という音だけが頭の中で鳴った。そして、ピンポン、ピンポンという良くも悪くもないその音が、すごく公平になった——と感じた瞬間セクラテンが叫んだ。良かったぞ！　それがスマッシュだ。

結局はフォームを完成させることだ。絶えずフォームを整え続けるということ。球を送るんじゃない。本当のところはその、整えたフォームをむこうへ届けているんだよ。わかるかい？　卓球において負けるとは結局、そのときの相手のフォームが自分のフォームより完成されていたという意味なんだ。さあ、スマッシュするときの君のフォームができてきたのはいつだったかな？　一週間前です。ということは、一週間かけて整えてきた君のフォームがネットを越えてくるということだ。それを私がレシーブで返すと……いいかい、わかりやすく三〇年卓球をやってきたとしよう。つまりそれは言い変えれば、私が三〇年かけて整えてきたフォームが君に返されたというわけだ。ラケットに触れた球が一瞬で、一週間のフォームから三〇年のフォームへと変性する。それは移動だ、空間と次元の移動。ずっと昔、卓球がワプワプと呼ばれていたのもそのためだ。つまり一方のフォームが他方に転移するための手段だったということだ。それが卓球の全体像だ。むこうの完成されたフォームをレシーブによって返しながら、またスマッシュしながら、こちらのフォームを完成させていくことができる。宇宙はつねに、こんなふうにして自らのフォームを伝達してきたんだ。広大な卓球台を越え、時間のネットを越えて、ワープしてね。

さあ、次にモアイのスマッシュだ。これもまた、一週間整えてきたフォームを私に送ってきたわけだ。実は私は、四五億年もかけてレシーブのフォームを整え続けてきたんだよ。いいかい、それでも今みたいに球がネットに引っかかって落ちることがある。四五億年のフォームでも、どうすることもできない状況だ。そんな場合にモアイが私に言うべきことは、何だ？

ラッキー！

そうだ。まさにこの瞬間、自分の得点は運が加勢してくれただけのことだと叫ぶのだ。卓球における大事な礼儀だよ。人類というものがまさにそういうケースなんだ。人類のフォームが反撃されなかった理由は、常にそのときどき、このような幸運がついてきてくれたからだ。だからほんとは人類はみんないっしょに「ラッキー」って叫ぶべきなのさ、球が来た方へ向かって、自分のフォームを受け入れてくれたところへ向かって。

ラッキー！

それで、ラッキー、とは言ってみたけど、良くも悪くもない夏だった。卓球のフォームを身につけようとして一生けんめい汗を流し、正式な卓球シューズを買い、適当なデザインのユニフォームをモアイとおそろいで着た。ほんとにワンセットだな。セクラテンがつぶやいた。そしてワンセットで、週一で暴行を受けた。スポーツも暴行もかけ値なく正直で、ラッキーと叫ぶような運の良いことが起きるわけがなかった。

だから、ラッキー、とはいえないだろうけど、相変わらず良くも悪くもない夏だった。チスの空席をチョンモが埋めただけで、僕としてはいつもと変わらない生活だった。不運というのは、こんなふうに生きていったあげくひょっとして命を落とすとか、折れたあばら骨が肺に刺さるとかしたときのことだろう。酸素と一緒に二酸化炭素を吸い込むのが当然であるように、僕は一定量の暴力を受け入れた。代わりに僕らはそのたび、マッサージをしてもらった。

しょっちゅう……やられてますね

公園の水道ばたで顔を洗っていると、例の老人が近よってきて言った。今日は一〇万ウォンしか差し上げられないんですとモアイが言うと、にやっと笑ってうなずいた。良くも悪くもない、ことだった。八月になり、体操をしに来ていた老人のうち二人が急に死んだ。まあねえ……糖尿と狭心症だったっていうからね。ギュッギュッと腰を押しながら老人が声をひそめて言った。ラッキー、と僕は心の中でつぶやいた。

〈アフリカ〉のメニューからブルーベリーが消えた。代わりにグァバとパパイヤが新メニューとして追加された。良くも悪くもない。

どうしてやめたんですか？ 輸入が大変らしくてね。ブルーベリージュースがヒットしたおかげか、〈アフリカ〉の壁には巨大なモニターが設置されていた。パパイヤジュースを飲みながら、僕はニュースを見た。チベットの主権問題と日本の大地震、チリの長期不況とアイルランドの異常かんばつ、中国の貧富の格差、ルワンダの政治的報復がCNNとBBCのダイジェスト編集で相次いで報道された。こんなふうにして人類も、自分のフォームを整えているのかな？ パパイヤの果汁をすすりながら、僕は思った。

僕たちってラッキーなの？　モアイがつぶやいた。この世界には相変わらず干ばつとか、虐殺とか、災害とか、紛争とかに苦しんでいる人たちがいるけど――僕たちは安全だろ。安全な国の涼しい室内で、今こんなふうにジュースを飲んでいるけど、これがラッキーだって気はしないな。良くも悪くもない、例えばいじめにあってない四一人の人生を、六三六人とか一九三四人とかの人生を、つまり五万九二〇四人とか六〇億人の人生を、ラッキーっていえるかな？　ねえモアイ……デルモンテの缶ぶたを開けているモアイに僕はささやいた。うちの組のチヘっていう子知ってるだろ、めがねかけた……ずっと学級委員とかやってて、両親の職業欄に二人とも弁護士って書いてある……いってみればああいうのをラッキーっていうのかな？　それからスンジェ。思いっきり鼻血吹いてたけど、チスに一人だけ歯向かった子、いるだろ。僕らに、黙ってちゃだめだ、だからずっとやられるんだぞって言った子……あいつみたいなのがラッキーなのかな？　そしたらさ、うちのクラスの前の列のビョンスって子……あの子、今まで一回も目をつけられたことないんだよ。先生の目にもチスの目にもとまらない……隠れてるわけでもないのに、ふしぎに目立たないんだ。いってみればああいう子がラッキーなのかな？　ねえ、チヘとかああいう子たちをラケットで打ったら、打って順ぐりに宇宙へ送ってやったら、どんなレシーブが返ってくるんだろ？　スマッシュして、

ダライラマにつき従っているチベットのお坊さんを
地震で壊れた建物に下半身が埋まっちゃった日本のお店の主人を
生涯一度も良心を売り渡したことはないけど一七〇人のフツ族を打ち殺した反乱軍のツチ族を
弟を性的虐待したけどそれとは別にかんばつの被害を受けたアイルランドの農民を
チスを
胎教のために、水族館でイルカが出す高周波をおなかに当ててるチリの妊婦を
「家事サービス」っていう制服を着て雑巾がけしている中国人のお手伝いさんを
六ヵ月のチンを連れて散歩しているフランスの老夫婦を
ジョージ・ブッシュを
ヒラリー・クリントンを
コンゴのジャングルで白アリを食べてるゴリラを
今ここで
パパイヤジュースとデルモンテのジュースを飲んでる僕らを
宇宙に放り出したら、どんなレシーブが返ってくるんだろう?
そうだな……とにかく、ラッキーは言わなきゃいけないいんじゃないかな

それで、それでラッキー――なの？
そう言われりゃ、そうじゃないのかな

さっき、聞こえた。何がですか？　テレビ画面のあの男の人さ……下半身が建物にはさまっちゃったあの人……今、言ってるよね、小さい声で救助隊員に……倒れたキッコーマンの箱の後ろに妻がいるってささやいてたよ……苦しいんだろうに、ものすごい力をふりしぼってずーっと言ってるんだ。どうして聞こえるんですか？　わからない。でも聞こえるね。そしてセクラテンはぶつぶつ独り言を言った。あのー、どうしたんですか？　思い出そうとしてるんだよ……私は今……昼の話を聞く鳥……私は中間に立つ者、卓球界の……

セクラテンはだんだん変になってきて、気を取り直したかと思うとまたしょっちゅうそんなふうに「変身」してしまったりした。独り言を言い、視線はぼうっとしていたが、それなりに一連の脈絡は保った変身だ。昼は「昼の話を聞く鳥」、そして夜は「夜の話を聞くネズミ」、ティースプーンなんか曲げながら、僕らはほぼそう考えることにした。つまり、鳥みたいでもありネズミみたいでもあるセクラテンの顔から、そのつど、ネズミや鳥の特徴が消えてしまうような感じがしたからだ。

ごほ、ごほ

セクラテンの二人の子どもに会ったのは、工事の真っ最中だった。爬虫類だか鳥類の脳を持っているという双子が店にやってきたのだ。おとやん、おあか、ういた。二人はひどい咳をしていて、八月なのに鼻水を垂らしていた。お兄ちゃんは？　おにやんは、おひるまえに出たったよ。ビルの二階の中華料理店で僕たちはいっしょに中国風冷麺を食べた。二人の印象は良くも悪くもなかったが、ただ、顔がネズミと鳥に似すぎている。わあー。スプーンを曲げるモアイを見て二人はすごく喜んだ。帰っていく子どもたちにセクラテンは五〇〇〇ウォンずつやった。ごほ、ごほとすごく鳥っぽい顔で咳をしているのを見て、僕は聞いた。鳥インフルエンザですか？　いや、夏風邪だ。中華料理店でもらったキーチェーンに鍵をはめこみながらセクラテンが言った。もしかして、

お母さんはいないんですか？
お母さんは……いなかったね。

〈ラリー〉の隣の店舗は空いていたのだが、セクラテンがそこもまとめて借りることになった。

工事が始まったのはそのためだ。床材を敷き、ショーウィンドーにひさしをつけて、ついに一週間後、良くも悪くもないトレーニングルームが完成した。僕らとしてはラッキーなことだったけど、セクラテンとしては負担が大きいんじゃないかと気になる。大丈夫だよ、ここは権利関係がうやむやになってたから、ほとんどただで借りられたんだ。卓球台の水平を調節しながらセクラテンは言った。まあ、あれこれ兼ねてだな。私も久し振りにプレイしてみたくなったんだよ。原っぱは暑すぎるし、それに遠いからね。

原っぱは……そういや、しばらく行ってなかった。ひどく蒸し暑かったので、無理して行ったところで何もできそうになかった。だけど急に、例えば塾の授業を受けたり、または飛行機がごぉーっと飛んでいくのを見上げたり、またはラリーを終えて、ちょっとリッチっぽく〈アフリカ〉で新メニューのジュースを飲んでたりするとき――僕は急に原っぱに行きたくなった。原っぱのソファーに、卓球台に、会いたかった。元気かなあ。できるなら、ごきげん伺いみたいなことしてみたかった。そうして

チスから電話が来た。元気か？　ごきげん伺い、みたいなことをした後、チスはなぜかテレビのバラエティやドラマ……なんかに対する見解を、バッテリーが切れるまで思いっきりぶちまけた。

そしてプツンと電話は切れた。もう一度電話がかかってきたのはしばらく後のことで。ここJ市だ、誰にも言うなよ。まあ、言ってどーするって感じだろうけどな……一度遊びに来いよ。海が近いんだ。タルもときどきお前のこと、思い出すらしいぜ、と言って電話を切った、そのせいで

よけいに怖かった。怖い、これマジで怖い。コンビニの店長は最近の洋画シリーズにすっかり熱中していた。ある日、メトロポリスの中央噴水を眺めながらしばらく雑談した。つまり、誰かが犯人だっていうんじゃなくてみんなが共犯だってことだろ、それがぞくぞくするんだよな。初めは理解できなかったんだけどなあ、当然主人公が犯人だろうと思ってたんだが……全員共犯ってことはつまり全員被害者ってわけだろ、とハンカチを出してひっきりなしに汗を拭く。で、勉強ははかどってるかい？　はか、どってると、僕らは答えた。奥さんこのごろちっともいらっしゃいませんね、とモアイが聞いた。そうか？　と店長はにっこり笑った、ふしぎなことに。

そして僕らは何も言わなかった。ラッキー、ってことかなあ？〈ラリー〉を目指して歩きながらモアイがつぶやいた。何が？　あのおじさんがだよ。何で？　先月チャットルームでは、奥さんのこと殺してやるって言ってたもん。そうなの？　と言って僕はうなずいた。生きてても死んでても……良くも悪くも、そしてラッキーでも。店長は太って、二ヵ月前、高価なお掃除ロボットを

買ったと言っていた。僕はぼんやりと、奥さんの死体を掃除するロボットを想像した。考えるだけで、太りそうな気分。

ロボットだよ。

〈ラリー〉に卓球ロボットが導入されたのも八月のことだった。練習用だよ。珍しがる僕らに、セクラテンはロボットの動かし方を教えてくれた。ドライブの調節までできるからいろんな球の受け方が身につくよ。ピンポン、ピンポンと僕らは交代でロボットの球を受ける練習をした。セクラテンを相手にスマッシュするときとは違い、ほんとに何も考えなくても反射的にラリーが続く。違うだろう？　違いますね。条件反射だけでも卓球をすることは可能なんだ。条件反射だけで生きていけるのと同じようにね。だから実は、鳩にだって卓球はできるんだよ。鳩にですか？

もちろんだよ。四〇年前に私は実際に鳩と公式試合したことがある。三人の立会人が見守る中、二一対一九の薄氷を踏むような接戦だったよ。どっちが勝ったんですか？　鳩が勝ったのさ。卓球のできる鳩を育成したのは、スキナー（バラス・スキナー。米国の心理学者。人間は自由意志ではなく過去の行動とその結果にもとづく条件づけによって動くと考えた）という名前の心理学者でね。彼は、生物の行動は刺激のコントロールと強化によって成り立つと考えていたんだね。

それで、「スキナー・ボックス」という実験空間を考案したんだ。ある作られた条件の中で、例えばネズミがてこを押すたびに餌が落ちてきて食べられるとか、そういうのだ。そうやっていくと、てこを押すことにかけてはものすごい力を持つネズミが育つわけだな。卓球をする鳩も、そんな方法で生み出された傑作だったんだよ。ボックスの中の構造はシンプルでね、

1. 反応道具（てこ、かぎ、円板）
2. 強化媒介物（餌、水）
3. 刺激要因（光、大きな音、弱い電気刺激）
4. 実験有機体（ネズミ、鳩）

それ、まるで……世界じゃないですか。ともかくその試合が、私の卓球人生における転換点になったことは事実だ。ああ、もうかなわない。食べよう、生き延びようとする条件反射には勝てないと思ったのさ。その鳩はどうなりました？　どうもこうも、

そうやって生きてって、死んだのさ。

さ、今日は一度も飲んだことのない人参ジュースを飲むぞ。ほら、〈アフリカ〉でジュースを飲むのも、そうしてみると強化行動といえるわけだよ。このロボットとのラリーは、だから体で覚えておく必要がある。あの試合で私が感じたのもこれと似たものだったからね。ロボットは今の人類が完成させつつあるもう一つのフォームなんだ。本物の卓球をやりたかったら、困難でもこのフォームに対するレシーブに熟練しておかないと。

本物の卓球を論じるレベルではなかったが、モアイと僕のラリーは目に見えて上達した。僕らはいっそう卓球に熱中し、良くも悪くもないお互いのフォームをゆっくり、念入りに整えていった。夜は電話やチャットで会話した。ハレー彗星を待ち望む会ではクラスが違うので会いづらかったが、チスの呼び出しを免れたケータイがしっかりと僕らをつないでくれた。

それで、一七日だったっけ？ いや、一九日だ。今回は貿易センタービルの屋上で集会を開くことになったんだ。貿易センタービル？ あの七二階建てのビルのこと？ うん、メンバーの中にあそこの警備員がいて、こっそり屋上使わせてもらうことになったんだって。原っぱでもらった〈信和社〉のピンポン玉をいじりながら、僕はカレンダーの一九日に×印をつけた。君、何回目の参加なの？ ほとんど皆勤だから九回目だな……君は初めてだろ？ 初めてだよ。望み通り、その日にハレー彗星が来てくれたらなと僕は思った。ところでモアイさ、原っぱに行ってみたくない？

そして翌日僕らは、原っぱを訪ねた。久し振りだなー。だねー。店舗併設マンションがいつのまにかほとんど仕上げ段階に入っていた。そして卓球台は、ソファーは、棚は、変わらずそこにそのままあった。初めてそこに座って空を見ていたときと同じように。僕らはソファーにすっぽり身を埋めた。良くも悪くもない気分だったけど、その代わり

ラッキー

だなあと、思った。あのさモアイ……もしかして……セクラテンに古いピンポン玉、もらった？

もらった。

ラッキー、と僕はつぶやいた。

九ボルト

心がまえが大事なんだ。月に一度、来ると信じて純粋に待つんだよ。スキナー・ボックスをこじ開けて逆さに置いたみたいな気持ちっていうのかな。刺激体としてのハレー彗星は来ない、強化媒介物もあきらめた、反応道具もない、それでも強化された何かはあるってことなんだよね。都心に向かうバスでモアイがささやいた。角が若干とれたような丸い月が、宇宙が送ってよこしたピンポン玉みたいに窓のむこうに浮かんでいた。レシーブできるかな？　何を？　ハレー彗星が来たらさ。

集まったのはたった四人だった。待ち合わせ場所であるビルの外の駐車場で、僕らはこのビルの警備員であるメンバーを待っていた。バタンと非常口が開いて少したってから、一人の男が顔を出した。ハレー彗星を待ちに来たんですよね？　僕たちはうなずいた。男の後について暗い通路を歩くこと一〇分あまり、貨物エレベーターに乗って上がった後、また狭い廊下を五分ぐらい、機械室みたいなところと非常口二ヵ所を過ぎ、またエレベーターに乗ってしばらく上がっていった。ガシャン、とついに到着した貿易センタービルの屋上は、原っぱと呼んでもいいくらい広々としたところだった。大声出しても大丈夫ですよ、ね？　二つの大きな円が描かれたヘリコプターの発着点に僕らを案内した後、男は何か持ってくるものがあると言って自分の宿直室に戻っていった。空が高く感じられる、寒いくらいの真夏の夜だった。

しばらくしてまたドアが開く音がした。あの男だった。背中に誰かをおぶっていたが、近づいてくるのを見てやっとわかった、たぶんキャサリンだ。男はすすり泣いていた。会を始めましょう。一行のうち一番年長の中年の紳士が、ちょっと低めの声でつぶやいた。誰かがお祈りみたいなものをとなえはじめた。ハレー彗星の代わりに、純銀のような月光がヘリコプターのようにゆっくりと、発着点の中心に下降してきた。レシーブは可能か？　虚空をにらんだまま、僕はその思いに深く浸りきっていった。

これからの時間は、ハレー彗星が来ると思ってそれぞれやりたいことをやっていいんだ、滅亡の夜なんだから……りんごの木を植えようが、何しようが、すべて自由だ。モアイがささやいた。そしてみんなすぐに、自分だけの世界に没入していった。雰囲気を作ろうとしてあたりをうろうろしていると、じゃ、と言ってモアイがその場を離れた。モアイが発着点の円弧を横切って、北極ぐらい遠くに思える屋上の外壁まで、月光を浴びて歩いていく。ハレー彗星が来るかもしれないし来ないかもしれない空を見上げながら、僕はだから、ひとりぼっちになった気分だった。

中年紳士は非常口のある壁の前で大声でお祈りを始めた。叫びとむせび泣きを交互にくり返すお祈りで、その周波数はFMのようにしっかりとみんなの耳にキャッチされていた。しばらく後、彼が壁に頭を打ちつけはじめた。スキナー・ボックスから抜けだしたネズミみたいだと思ったけど、何しろ滅亡の夜だから。貿易センタービルの警備員は、貯水タンクが設置された構造物の前で服を脱いでいた。準備してきたおしぼりでキャサリンをよく拭いた後、彼はたっぷりジェルを塗った自分の性器を立てて、まわりの人のことなんか知ったこっちゃないというようにセックスに熱中しはじめた。ただハレー彗星のみがすべてを鎮めてくれるらしい。いっそ今日が終末の日であるようにと、僕はざっくり祈ってあげた。月光が激しく揺れていた。キャサリンも激しく揺れていた。今日が終末なら僕は何ができるだろう——という考えに僕はのめり込んでいった。爪をすっかり全部、かみちぎっちゃおうか。チスに電話して、バッテリーが切れるまでバラエティとドラマの話で攻めまくってやろうか。お前狂ったかと言われたら、黙って聞いてろやこの野郎！　って怒鳴って、それからまたぐだぐだ、ぼそぼそドラマの話をするとかさ——と考えた末、僕は卓球をしようと心に決めた。

発着点の中心で僕はフォームを整えた。肩幅より少し広く脚を開き、ラケットを思い浮かべながら、右手で軽く空気を握りしめた。左手には〈信和社〉のピンポン玉、あのボールのような想像力が空気とともにかたまりになったような気分。僕はスイングを始めた。目と目の間、すなわち眉間でスイングは終わる。ひじの角度は九〇度、ラケットの角度は八五度を維持する。スイングには腰がついてこなくてはならず、腰の回転は脚から始まる。動作は、水が流れるように連続していなくてはならない。それがスマッシュだ。

目と目の間、すなわち眉間でスイングは終わる。ひじの角度は九〇度、ラケットの角度は八五度を維持する。スイングには腰がついてこなくてはならず、腰の回転は脚から始まる。動作は、水が流れるように連続していなくてはならない。これがスマッシュだ——目を閉じて僕はずっと卓球に熱中した。汗が流れはじめた。汗がもたらす空気と皮膚の間の潤滑作用を感じながら、僕は何度も自分のフォームを整えた。可能なかぎり完成させよう。ハレー彗星が来たら、このラケットで最高のレシーブを返すんだ――と僕は思った。それが僕にできるベストだったから。

もしかして卓球？

目を開けると、もう一人別のメンバーが僕を見ていた。短く刈った髪を白く脱色した二〇代はじめの男の人だった。はい、と僕はうなずいた。だよな、当てちゃってごめん。ポケットに手をつっこんだまま彼は音楽を聴いていた。よく見ると両耳にそれぞれ三つと五つのピアスをしてて、イヤホンが埋もれて見えないほど太って肉づきがよかった。そして、ふーん、卓球なら俺もやってたよ。小学校のとき、やせろって言うからさ。もちろん失敗したけどな。けっこううまかったんだぜ……エエ、エエエエ。そんで君は成功したの？　まあ、やせたからってすべてうまくいくわけじゃないけどな……

エエ　エエエエ

と言うのだった。エエ　エエエエと言うたび彼は四角い乾電池を取り出して、その両極の⊕⊖を自分の舌先にそっと当てる。そうやってエエ　エエエエと言いながら、体をぶるっと震わせた。あのー、痛くないですか？　と聞くと彼はいきなり乾電池をつき出した。

これは九ボルトだよ。

なるほどその乾電池は九ボルトと表示されていたが、僕はちょっと弱ってしまった。感じたままを言うならば、確かにそれは八月の夜空をしばらく小康状態に保つぐらいの巨大電圧と思える。こんなふうにしてみたことあるかい？　と彼が聞いた。いいえ。電池なんてみんな同じだと思ってるだろ？　そうじゃない、メーカーによって全部味が違うんだよ。エネジャイザーもアルカラインも……いちばん好きなのはロケットだけどな、エエ　エエエエ。

君はどうしてハレー彗星を待ってるの？　聞いて……どうするんですかと思ったけど僕は適当にいろんなことを言った。えーと、ハレー彗星が来たら……ドラマとかバラエティとかそういうのもなくなって……それに人間も……だとしても誰かは生き残るんでしょうけど……その前に地球がどうかなるでしょうけど。ですよね、とにかく、よくわかんないですけど、僕、頭骸骨にひびが入ったことあるんですよね殴られて。そんなことより……殴ったりする奴らもドラマは見るでしょ、それで視聴者意見を送ったり、みんなで集まって、お前もあれ見た？　とか話したりして……似たりよったりのふりして……そういうのって何ていうか……実は自分のことしか考えてないじゃないですか、そういうのって……誰かが、生き、残ったら、また同じことをやるんだろうし……ってかですね、わかんないですけど、でも、少なくとも、

学校とかはなくなるじゃないですか？

そうか。と彼は、エエ　エエエエと頭を震わせながらうなずいた。ところでそれ……何でそんなことしてるんですか？　あ、これ？　耳に穴開けてんの初めて見たのかな。ま、個人的には似合ってると思ってるんだけどね……とにかく俺のモードはクロムハーツ系だと思うからな、金属アレルギーじゃない証拠にもなるし。もっとも、バカどもは俺の肌が薄そうに見えるとか言うけどな、よけいなお世話だよ、エエ、エエエエ。いえそれじゃなくて、そっちです。これ？　そして彼は乾電池をじっと見た。エエ、エエエエ、エエ、エエエエ。そしてひっきりなしに体を震わせながら、それを舌にこすりつけた。こうやると絶対、

気持ちいいんだよ。

ハアハアと息をしながら彼が微笑んだ。いかれちゃってるなあと思っていると、彼が僕に聞いた。君、今、俺のことヘンだと思ってる？　ちょっと前まではヘンだと思ってたけど、今は危険だって気がして答える、いえそんなはずは。そうか、君とはちょっと話が通じそうだな。バカどものことは放っといて俺たち、ちょっと話でもしてみるか？　いやならいやって言えよ。ちょっと前まではいやだったが、今はいやがることが許されてない気がする。モアイの方を一度見て、僕はいいですようなずいた。エエ、エエエエ、合計八個のピアスがふるふると振動しはじめた。

いつも会には出るけどな、俺はあんなバカどもとは考えが違うんだぞ。あいつ見てみろよ、あそこの……何やってんだ、エエ、エエエエ。行ってケツの骨でもけとばしてやりたいけどがまんしてるんだ。あいつが鍵持ってるからな、出られなくなるだろ、だからだよ……エエ、エエエエ、悪いけど俺はあんな後先も考えないような連中とは違うんだ。あそこのあいつ、君の友だちだろ？　ここで五回ぐらい会ったことあると思うけどな、あいつがあんなふうに背中向けて座って何やってるか知ってるか？　エエ、エエエエ、一晩じゅうスプーン曲げてんだぜ。ったくもう……何様のつもりだあいつ。ユリ・ゲラーの足元にも及ばないくせに。知ってるか？　みんな問題のある連中だってこと。問題だらけだぜ。とにかくみんな、ポイントがずれてる方々って言ったら失礼にあたるか

な？　エエ、エエエエ、
あいつらの問題が何かわかるか？　みんな、世間の方が間違ってると思ってるところさ。ったく、こっち来てみ。ここ……一目ですっかり見えるから。エエ、エエエエ、エエ、エエエエ。さ、申し訳ないが世間は一つも間違っていませんですよ。世間が、何を、どうしたってんだよ？　あれを見てみろ。石を研いで狩りをしてた人間がどんな世界を作ってたか。道路を作って、区画して、コンクリートを作って、設計して建築して、港とか空港を作って、体系的に貿易をやって、エエ、エエエエ、法律とか条令とか……な？　国際法を作り、自動車を作り、あの建物見てみろ、あの中に全部電気とインターネットが供給されて、上水道と下水道がつながってる。あのバカどもが、都心の地下がどうなってるか想像でもしたことあんのか？　ふん、透視図を見たら、口が一〇個あったとしても一言も言えねーよ。それだけじゃない。空港と空港の間、国と国の間を、大陸と大陸の間を毎日毎日、な？　エエ、エエエエ、ところで君、ちゃんと聞いてます？
地球というところはですね、ん？　じつによく細菌が繁殖するところでしてね。わかるだろ？　それくらいは習ったよな？　ウイルスが隕石にもかなり埋め込まれていたからですよね。そして重力。人間は重力ともどんなに戦ってきたか。墜落が日常茶飯事のように起きてたのが地球だって話だよね。エエ、エエエエ。ん？　がんとエイズ、胃炎、潰瘍、下痢、腸炎、高血圧、動脈硬化、ん？　何だっけ……それから低血糖、脳卒中、結核、喉頭炎、エエ、エエエエ、ぜんそく、ペスト、コレラ、腸チフス……何にせよ病気はたくさんあるわけだ。それから何だ、パラチフス、ジフテリア、ポリオ、はしか、風疹、肝炎、破傷風、マラリア、インフルエンザ、ビブリオ敗血症、恐水病、レジオネラ、レプトスピラ、つつが虫病……エエ、エエエエ、エエ、エエエエ。な？　金属アレルギーもあっただろうし……それが平均寿命七八歳まで……だろ？　えーと失礼ですが、医学と薬学従事者が今もどれだけ努力してるかご存じですか？　…エエ、エエエエ、まして血を、お互いに血を分け合って互いの生命を保全しているんですよ。民間人でさえ、そのような人類の力を会得しているというお話なわけですよ、いってみればね、エエ、エエエエ

インダストリアル。インダストリアルってわかる？　わかりますよね？　産業って、ただ発展してきたものではないだろ。いってみりゃ動力も、運転手段もすべてただでもらったもんじゃないってことだよ。見てごらん、小さな車輪一個からどんな結果が導き出されるかを。君は食器洗い機が実はどんだけ複雑な作動原理を持ってるか知ってるかい？　え？　エエ、エエエエ、産業と企業がなかったら、人口の半分は飢え死にしてただろう。たぶんってことですよ。だからって残り半分が無事だと思うかい？　とんでもない、とんでもない、とんでもございませんですよ。エエ、エエエ

エ。製薬も医療も産業社会がなかったら一発でおだぶつだ。君は肝臓がん、僕は胃がんってんであのバカどももも全員もう死んでるはずだ、まあひどく運の良い人間だけが生き残るだろう……そうだよ、競争は減るだろうけどストレスはたぶんもっと増大するね。君は野生の世界でネズミと戦って勝つ自信があるかい？　僕はね、口は達者だけどね、勝てる自信はありません。エエ、エエエエ。えっと、えっと……電気が切れましたね。

ガサゴソ、して、ハア。これはサンヨーです。今日はそれでもスペシャルデーだからね。ロケットを探したんだけど、ハアハア。つまり言いたいのは……あいつらは全員まぬけだってことだ。こりゃ失礼でしたかね？　だったら恐縮ですけど、とにかく落ちこぼれだってことですよ、はい、競争からのね。だからって誰かがあいつらを監禁するかい、またはあいつらが不利益をこうむったりするかい？　ん？　電気やインターネット、教育の機会、ましてやロトを買う機会も与えられないとかいうことがあったかい？　エエ、エエエエ。恥……人間としての恥というものを知らなくちゃ。発電してみたことありますか？　自然状態で、個人の力で、一度でも電気を作ったことがあればこそってことですよ、私が言いたいのは……九ボルトも作ったこともない奴らがちょっとコケちゃったらしいからって……え？　エエ、エエエエ。二二〇ボルトを飯でも食うみたいに使っておいて、人類がどうした、世界がこうしたと……ああやって座してハレー彗星が何もかもご破算にしてくれればいいとか、バカみたいなこと言うばかりで、もう気が変になりそうですよ。だから俺が言ってやるんです、やるべきことはやれってね。ちゃんと聞いてる？

戦争ぐらいしてみろってんだ、紛争でも抑圧でも……人間のエゴとか集団の暴力とかがちょっとあってもいいんじゃないの、そのぐらいのシステムがあってもさ……ん？　衛星を使えばいいんだ。虐殺とか？　犯罪とか？　ちょっとあってもいいんじゃないのってことだよ。エエ、エエエエ、国連もユネスコも作ったんでしょ人類は……ハア、ハア。見てみろよ、あの都市を……その結果世の中がいったいどうなってるか……あんなんでいいんですか、おわかりでしょ？　エエ、エエエエ。エエ、エエエエ、エエ、エエエエ。

僕はうなずいた。他のことは考えられなかったし、早く夜が過ぎるか、ハレー彗星が正確に僕らの頭上に落ちてくれなきゃ助からないという感じだった。背の高くない、色白の肉づきのいい巨体が、目の前で激しく息をしている。暑いな……何でこんなに暑いんだ？　座り込んだ彼がハンカチで汗を拭きはじめた。ハア、と言いエエ、エエエエ、と言っている白髪の彼が——白髪のせいで一瞬、太った鳩にも見えるのだが。君はそれでも飲み込みがいいな、ハア。そしてよろよろと体を起こした彼はカバンを引っかき回して何かを取り出した。さあ、これやるよ、プレゼントだ。仕方なく僕は手を差し出した。それは一枚の小さなチケットだった。

家族娯楽館（一九八〇年代から二〇〇九年まで続いたバラエティ番組。一般視聴者が家族単位で出演し、さまざまなゲームで対戦する形式）の傍聴券だ。

家族娯楽館、知ってるだろ？　はい、と言って僕は語尾を濁した。行ってみろ、面白いぞ。テレビで見るのとはまた違うから。チケットを小さくたたんでポケットに入れて、僕はようやくあたりを見回すことができた。暗闇の中でメンバーたちは依然として同じ動作をくり返していた。ガサゴソとまた乾電池を探す音が聞こえ、またエエ、エエエエが聞こえ出す。依然としてハレー彗星は来ず、依然として月は地球を離れず、依然として僕の気持ちは良くも悪くもラッキーでもなかった。ところでお兄さん、お兄さんは何でハレー彗星を待ってるんですか？　エエ、エエエエ、エエ、エエエ。暗闇の中で何か白っぽい、うずくまった、苦しそうなモノが、九ボルトにずーっと感電してた。やがて小さな声が寿命をまっとうした水銀の電解質のように、かすかに漏れてきた。

やせないからだよ

わかったか？　俺も……がんばってはみたんだけど……やせないんだからしょうがないじゃないか。君、今、俺のことブタだと思ってるだろこの野郎……クロムハーツのリングなんかして笑わせんなよって……この野郎……エエ、エエエエ、エエ　エエエエ、そして白っぽい、うずくまった、苦しそうなモノが、自分の舌に乾電池をめったやたらにこすりつけはじめた。

エエ　エエエエ　エエ、エ

そして一瞬あたりが静まり返った。八月の夜空がまた小康状態を見せ――びくんと――大きく――一度――白っぽい、うずくまった、苦しそうなモノが――ひくひく――して、倒れ、停止したあと、徐々に運行を再開しているような感じだった。ねえちょっと、どうしたんですか？　白っぽい、横たわった、動かないモノを僕は強くゆさぶった。どんなにゆさぶってもそれはこれ以上うずくまりも、苦しみもしなかった。粘っこい唾液がついた二個の乾電池が大きな厚ぼったい手のまわりにでたらめに散らばっていた。ねえちょっと、と僕はそれを揺さぶり続けた。依然としてそれは動かず、代わりにどことなくやせたような感じだった。エエ、エエエエと僕は叫んだ、めちゃくちゃに叫んだ。

死んだ。貿易センタービルの警備員が言った。三〇分も心臓マッサージをし、人工呼吸も応急措置もやってみたが、息を吹き返さなかった。死んだ、と警備員がまたつぶやいた。中年紳士がまたお祈りをとなえはじめ、そして僕らは黙って、白っぽい、横たわった、動かないモノを見やった。てん、てん、てん、とピンポン玉のような雨のしずくが落ちてきた。どうする。ん？　どうすんだ？　裸の警備員が雨の中でつぶやいた。

これをずっと舌にこすりつけてたんです。なぜか、泣くべきだという思いにかられて僕は泣きながら乾電池を見せた。白っぽい、うずくまった、苦しんでいたモノのカバンをかきまわすと、数十個の九ボルトの乾電池がこぼれ出てきた。いかれた奴、と警備員がまたつぶやいた。雨はだんだん激しくなり、並列にまた直列に連なった雨粒が触れるたびに、僕はまた感電しそうな気分だった。

落っことそう

と警備員が言った。彼はキャサリンに似た茫然とした表情で、あかりの消えた都心を見つめていた。全部僕の責任になっちゃうじゃないか……どうせ誰のせいでもないんだから……だから助けてくれよ……その方があんた方もいいだろ？　ああ……七二階だよ七二階……このあたりは二〇階、三〇階は珍しくないんだ、どっから落ちたかわかるもんか……そうじゃないか？　見ろよ、ここは屋上に傾斜がある……しばらく滑り台みたいに下っていって落下するだろ……どっから落ちたかわかりっこないじゃないか？　助けてくれよ……俺……が……何をした？　ハレー彗星が来たと思って助けてくれよ……

落としましょう

口を開いたのはモアイだった。そして僕らはあたりを整理しはじめた。各自の持ち物を残らずしまい、散らばっていた乾電池を全部拾ってカバンに入れた。チリチリッと、指先にそんな感覚が伝わってきたが、とくに何の感情も起きない。君らは脚を持て。白っぽい、横たわった、動かないモノの背中にしっかりとカバンを背負わせたあと、警備員が叫んだ。一、二、三、と声をかけたがせいぜい腰のあたりまで持ち上げるのがやっとだ。こいつめちゃくちゃ重いな、と警備員がつぶやく。一歩一歩僕らは前に進んだ。お願いだから、今、ハレー彗星が来てくれたらどんなにいいかと僕は思った。

三、で押すんだ。上体を外壁に引っかけて警備員が叫んだ。そして一、二、と言った瞬間スーッと——白っぽい、重い、引っかかってたモノは自然に滑り出した。ゆっくりと、それから急激にそれは落下した。ブーン。そしてそれは飛び、一瞬にして鳩のように小さくなり、続いてピンポン玉ぐらいになった。どれだけ時間が過ぎたのか、地球上でただピンポン玉だけが出せる音が、遠い遠い下の方から聞こえてきた。

軽やかな音だった。

シルバースプリングのピンポンマン

宇宙の大部分は空白なんだって。

モアイが言った。どう思う？　何を？　太陽の大きさをガラス玉ぐらいだと仮定すればね……僕らの銀河系からいちばん近い恒星も二〇〇キロぐらい離れてることになるんだって。それで？　平均的な大きさの銀河は一千億個ぐらいの星からできてるんだけど、まあいってみれば一千億個のガラス玉が、それぞれ二〇〇キロぐらいずつ離れて集まってるってことだよね。その間は全部、何もない空間だってわけ。

で、それがどうしたの？

要はね、そんな銀河がまた一千億個ぐらい集まったのが宇宙なんだってことだよ。そう思うと、たいしたことないなって気にならない？　何が？　地球がだよ……そこでどうやって生きてようが……いや、そんなもんがほんとにあるのか？　って気にならない？……いってみりゃ、地球も、僕たちみたいなのもだよ。

で……何なの？

昨日さ、ラジオ聞いてたんだよ。週末クイズだか何だか、そんなの。毎月のチャンピオンを決める決勝戦で、韓牛の肉の部位別名称ってのが出題されたんだ。「脂肪が少なく肉質が軟らかく、膵臓筋を構成している肉の名称です。上手に太らせた韓牛のそこは、独特のマーブル状の脂肪でたいへん有名です、では問題です、韓牛の特殊部位の中でも最上級に属するこの肉の名称は？　①ミスジ　②シビレ　③クタビレ　④イチボ　さあ、正解は？」　正解！　って先手を打ったのは三週連続チャンピオンだった。その人が叫んだんだ。「クタビレ！」って。

何でそうなるんだよ？　どう考えても意味不明だろ「クタビレ」だなんて……そうかと思えば、

アインシュタインみたいな人がいて$E = mc^2$なんて公式を編み出したりするだろ。どうしろってんだろうな？　太陽がガラス玉ぐらいの大きさと仮定したときの二〇〇キロの距離感って気がしない？　スターリンは少なく見ても二〇〇〇万人、カンボジアのポルポトは二五〇〇万人虐殺したっていうだろ。かと思えばダライラマなんて、修行中に蚊を殺せなかったときが一番辛かったとか、言うんだ。ほんとに、やっぱりそのぐらいの距離感があるってことだよ。

どうしろっていうんだろ？　だから、その間は全部何もない空間なんじゃないかっていうのが僕の考えで。つまり僕とか君みたいな人間は、ただもう、空っぽの空間だってことさ。そうじゃない？　だって見えてないんだもん。遠くから見たら何もない、ただの真っ暗な空間なんだ……にもかかわらず僕らはこうして存在している。だったら僕らって何？　目にも見えなくて、何の存在感もなくて、虐殺されちゃったりしてさ……わけもわかんないまんま、こんなところに並んで座り込んでさ……お互い助け合おうとはしてるけど……実は僕らも二〇〇キロぐらい離れたピンポン玉みたいなもんなんじゃないのかな？……何でだろう……で、いってみれば、どうしろっての？　僕らってそんな空間、つまり

見えない存在なのに、何で努力とかしなくちゃいけないわけ？　こんなにしんどいのに、生きて

いなくちゃいけないのは何でだ？　宇宙のほとんどを占めている空っぽの空間が、何か努力してるようには見えないじゃん。それともこれは偶然なのかな？　ここに存在して、牽制しあって、進歩と発展を重ねて、資源を利用して、区分して、差別して、優越感にひたって、奪って、所有して、殺す理由は何なんだ？　生きるためか？　こんな空っぽの空間で生き残るために？　何で、あの暗いとこみたいに

ただ、「ある」っていうことが、僕らにはできないの？　何で僕らは絶対生存してなきゃいけないの？　どんな偶然が僕らをそんなふうに考案したんだろ？　人体から生まれて大きくなった者だけが人間なのかな？　そうでなくちゃ人間とは呼べないのかな？　理由もわからないままに生き残って、何をしろっていうんだろう？　こんなに遠く離れた、目にも見えないところでさ。

だから僕、タコがかわいそうなんだ

じゃあ釘さ、それじゃ聞くけど、何で僕たち卓球をやってるんだろ？　これって、考えれば考えるほど偶然でもあるし、そういうふうに考案された結果でもあるんだよ。何でここに卓球台が置いてあったのか、どうして世の中には卓球台を作る会社があって、ラケットやボールをいつでも買え

る店があって、どうして僕らにはそれを買えるお金があったのか？　卓球には何でこんなに古いルールがあるのか？　僕らには何で手足があるのか？　僕らには何でラケットを握れる手があるのか？　僕らは何で……人間なのか？

ジョン・メーソンの小説『ピンポンマン』に不思議な男が出てくるんだ。ラスベガスのヒルトンホテルをクビになって、ネバダ州のシルバースプリングってところにやってきて住みついてね、どうにかこうにか新しい環境に適応したんだけど、彼の趣味がボーリングだったんだ。その日も同僚たちといっしょに、いつものようにファンレイのボーリング場に行ったんだ。いつもゲームに金をかけてたんだけど、彼のチームは相手をぐんぐん追撃していったらしい。次に彼の順番が来てボールを投げた。よく手入れされた一二ポンドのコロンビア・ボールだった。ため息と歓声が上がったんだけど、五番と一〇番ピンのスプリットになっちゃって、ああもう、って彼は叫んだんだ、そして自分のボールが戻ってくるのを待ってた彼は目を疑わずにいられなかった。だって、まさか！　戻ってきたのが地球だったからさ。

ボーリング玉サイズではあるけど、間違いなく地球だったんだよ。しかも手にのせると海水で手のひらが濡れるほど。彼は叫んだんだ、おい、まずいよ……これ、いわゆる、地球だよ！　って。

でも同僚たちはプレイを続けろって催促したんだ。勝利がかかった重要な瞬間だったから、地球だろうが何だろうが早く投げろって。相手チームの野次もすごかったんで、仕方なく彼は地球を投げた。大西洋とインド洋、太平洋の三ヵ所に指を入れて姿勢を立て直したんだけど、シュモクザメにかまれてるのか中指はぴりぴりするし、親指付近では海底火山が爆発して指先がしびれてる。だけど彼はボールを……つまり地球を、投げたんだよ。地球は見事に五番のピンにヒットして、スピンした五番ピンがギリギリで一〇番ピンを強打したんだ。ラッキー！　同僚たちが喜んで大騒ぎして、結局その日の試合は勝利に終わった。運がよかったね！　相手チームが素直にその日の飲み代を払って、まあ気分良く打ち上げってことになったたんだな。

だけど、ただ喜んでるわけにもいかなかった。地球がレーンを戻ってきて、それを自分のロッカーに入れておかなきゃならなかったんだから。ちょっと俺のボール探してくれよ、シルバーグレーのコロンビア一二ポンドがどっか行ってこんなのが返ってきちゃったぞって言ってみたけど、ボーリング場の主人は気が荒くてプライドが高い男で、あのなあ、ここのレールはブランズウィック社製なんだぜ、あんたの倍は頭がよくて正確なんだよ、って、一応はレールの中を確認した後で叫んだんだ。さあ、まだ疑うなら自分で直接確かめてみろ、コロンビアのクソボールがこん中にあるかどうか！　それで仕方なく、彼は地球を自分のロッカーに入れて鍵を閉めたってわけ。誰だってこんなときは困っちゃうよな。

翌朝のニュースは、地球のいたるところで起きた大地震について報道してたけど、二日酔いだったし、そんなニュースはよくあることだから彼は平気でベーコンをモグモグやってたんだ。その日の夕方も変わりなくボーリングが始まった。彼は緊張してロッカーを開けた。カバンから出てきたのはやっぱり地球だったんだ。その日の試合で彼は一七回のストライクと二回のターキーを記録した。そして翌日、ヒマラヤ全域で大規模の山崩れが起きたってニュースを聞いたんだ。だけどそれが自分のボーリングと関係があるとは夢にも思わなかった。ネバダでの生活は、そんなこまかいことで悩んでいられるようなもんじゃなかったからね。ボーリングは続いた。

今や地球は完全に彼のボールになった。同僚たちもそれを認めてるみたいな態度でね。ちょうどマーブル模様のボーリング玉が大流行してた時期だったんで、誰も地球とは疑わなかったんだな。そして半月もが過ぎた。地球では各地で大災害がひっきりなしに起こってた。彼もだんだん異常な気配に気づきはじめた。彼の地球にも、いつのまにか大小の亀裂ができてきてさ。知能指数が一一〇もあったこともあって、彼もついに悩みはじめた。でも時間が足りなかったんだ。理由は生活、ただ生活のためだよ。隣のウォルター氏に屋根の修理を頼まれたり、秘書室のマーガレットが一杯どうって電話してきたり。そのうえ日曜日には、秋の感謝祭を迎えて大規模礼拝があったんだ。

礼拝が終わるとどっと疲れが押し寄せてきた。睡眠不足を取り戻そうとして、地球のことはまた忘れちゃったんだな。そしてまた一週間が過ぎた。休む間もなく否応なく、出勤、業務、ボーリングが始まった。

地球が割れたのは木曜日の夕方の二度目のプレイで初球を投げたときだ。ストライク！　という歓声もつかのま、彼は自分の地球が割れるのをはっきりと目撃したんだよ。そのときだ、とてつもない大揺れを全員が感じたのは。地震は実に一時間も続いた。幸いなことにネバダには大きな被害はなかったけど、彼はそのときになって自分の過ちを悟ったわけだ。その後の世界といったらそれこそ、むごすぎたからね。

南米は完全に海に沈んだし、米国の東部も地図から消えちゃった。ヨーロッパとアジアも半分以上が水没して、アフリカは三つの小さな大陸に分かれちゃった。混沌と混乱が落ち着くまでには何と八年が必要だったんだよ。だけどたとえ世界がめちゃめちゃになっても、シルバースプリングの住民は相変わらずボーリングを楽しんでたんだ、ただ一人を除いてはね。彼は二度とボーリングをしなかった。ボーリング場のそばにも近寄らず、同僚たちの誘惑にも揺らがなかった。ヘンだけど、彼はその代わりに卓球を始めたんだ。卓球はシルバースプリングでは、いやファンレイでもかなり

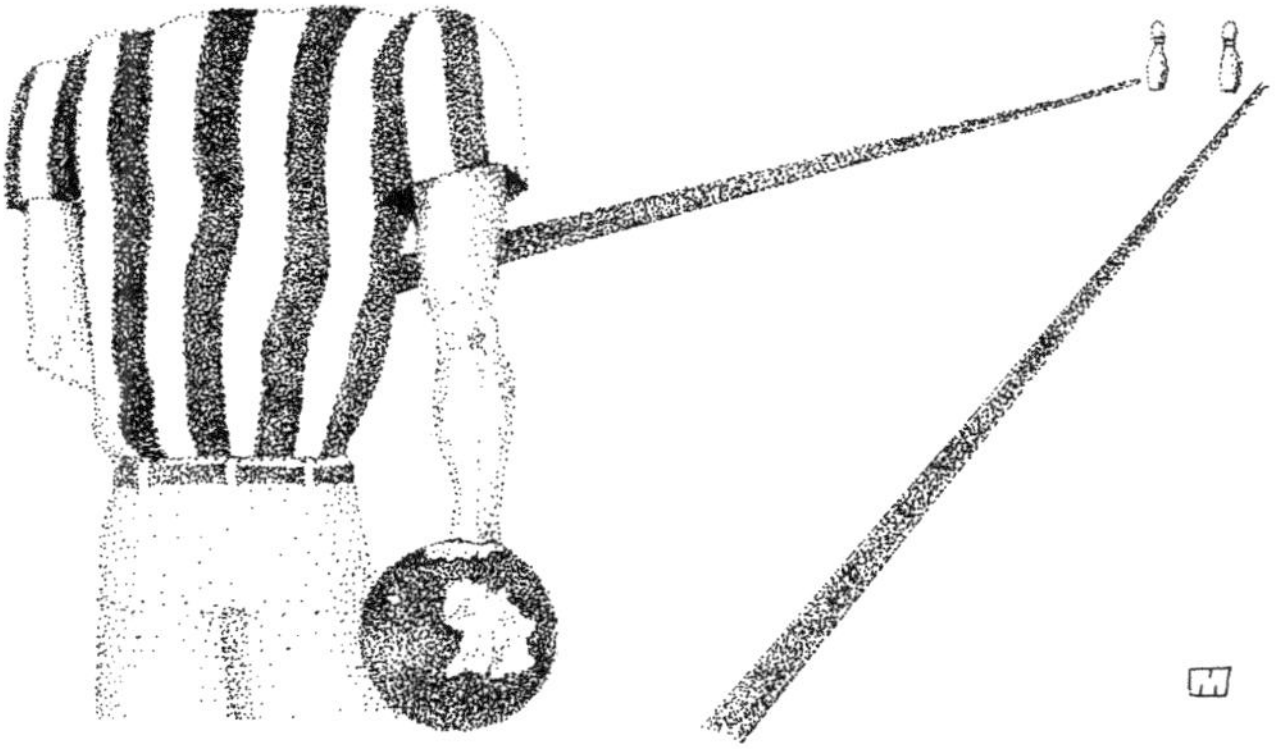

人気のないスポーツだったんだけど、彼は周囲の視線にはおかまいなく、卓球に残りの人生を捧げたんだって。それでみんな彼を、シルバースプリングの「ピンポンマン」って呼んだって話さ。

で、その後地球は大丈夫だったの？
それはわかんない。話はそこでおしまいだから。

そんな話を、した。夏が終わりかけてて、僕らは目に見えて口数が増えていた。ひっきりなしに話し、ひっきりなしに話を聞いた。ドラマやバラエティも見た。話のネタを作るためにだ、ほかの理由はない。話してないと耐えられなかった。

マジで不安だったんだ

貿易センタービルから帰ってきた翌日、クラブは閉鎖されていた。動画も音楽もなく——セレブレイションを歌うクール・アンド・ザ・ギャングみたいに楽しく生きましょう、世紀三〇〇一年再オープン——という静止画面を背景に、クラブのサイトのトップページは固まっていた。その、黒人たちが歌いながら固まっている顔は何て怖く見えたことか。そして僕は、

卓球もできなかった。夏休みが終わり、新学期が始まったことも理由ではあったけど、しょっちゅう、あの音が——あの白っぽい、重い、落ちていくモノが出した軽快な音が耳を離れなくて。最近は何だってこんなにモノが空から落っこちてくるんだ……塾の守衛さんが新聞をパンと開いて座り、そうつぶやいたときは、息がすっかり止まってしまうかと思った。詳細な捜査に着手、暴風雨が追い打ち——新聞の見出しを盗み見た僕はやがて、かすかな、しかし強烈な感電を経験しなくてはならなかった。エエ、エエエエ。見えない誰かが僕の心臓に乾電池の両極の⊕と⊖をこすりつけているような気分だった。エエ、エエエエ、エエ。

ぱちぱちぱちぱち

だから、全校朝礼で立ってたときは何て気が楽だったことか。初めてだった。六〇億に、五万九二〇四人に、一九三四人に、六三六人に、四一人に取り囲まれていることがこんなにあったかく幸せに思えるなんて。多数のふりをして、僕は隣の子に話しかけさえした。

あの、賞もらった子たち……いいよな。ねえ？

ちらっと僕を横目でにらんだめがねの子は、答えもせずにまた正面を見た。その、二〇〇キロの距離感みたいなものが——腕が触れるくらいだったその子の肩との間に広々と拡大する感じ。太陽系を抜けていく宇宙船を発射するような気持ちで、僕は細心の注意を払ってもう一度声をかけてみた。夏休み何してた？　相変わらず正面をにらんでいたけど、めがねの子の顔にははっきりと焦りが表れている。ヘンなことだけど僕はどうしても、どうしても話がしたかったのだ。僕、卓球やってた。君は？

話しかけんじゃねーよこのボケ！

くるっとこっちへ顔を向けためがねの子は、今にも泣き出しそうな顔でそうささやいた。僕はびっくりしてまっすぐ向き直ったけど、不思議なくらい気が楽になった。アリバイがあるってこんな感じかな？　こうやってきちんとアリバイを確保していけば、何とかなるんだろうか？　太陽というガラス玉の千万分の一にもならない宇宙船のように、二〇〇キロという距離の中に僕はあてもなく浮かんでいた。おい、何話してたんだ？　めがねの子のまわりの誰かがささやいた。

知らねーよ、夏休みに卓球習ってたんだってよ、聞きもしねーのに

みんながチラッと振り返るぐらいの声でめがねの子は言った。クククッという笑い声が四方から上がった。朝礼が終わると大勢の子がめがねの子のまわりに集まった。ふざけながら、彼らは教室へ向かう。がらんとあいていく運動場の一隅で、僕はしばらく空を見上げた。秋のはじめの空はむなしいほど高く、深く、空っぽだった。宇宙の大部分は空白、人間と人間の間も大部分は空白なんだよね、と僕は結局、自分に声をかけて自分でうなずいた。教室への道は、銀河と銀河の間くらいはるかに遠く、はてしない。

もとのコンディションに戻ったのは、警察発表があってからのことだ。あの白っぽい、落ちていく、こわれたモノのケータイから警察が重要な手がかりを見つけ出したのだ。それはたぶん――マ

リの電話番号だった。ただちに、交際相手の投身自殺を悲観したための自殺として警察は事件に幕引きした。飛び降りた場所は近くのビルのどれかと推定され、通話履歴から推測して、援助交際をきっかけとして恋愛が芽生えたものと警察は断定した。数十個の乾電池については、これといって言及はなかった。

生存第一だよ。

モアイがつぶやいた。人間ひとりの害悪は九ボルトの電流ぐらいだよね。それが集まって誰かを殺しもするし、誰かを傷つけもするんだ。それでみんな多数のふりをしてるんだ。離脱しようとせずにバランスとって、平衡に、並列に並ぶんだ。それは長く生きようとする人間の本能だろ。戦争や虐殺は、そのエネルギーが直列に並んだときに起きる現象だ。戦争が終わった後にも数万ボルトの破壊者が残ってるか？　虐殺をやったのは数千ボルトの怪物たちか？　そうじゃないと思う。戦争が終わった後に残るのはみんな、とるに足りない人間たちだ。独裁者も戦犯もみんな、実は九ボルト程度の人間なんだよな。要は、人間のエゴは常にその配置を変えることができるってことだ。だから人間は危険なんだ。たかが四一人の直列でも、僕ら程度は感電死するんだから。

だから生存第一なんだ。僕らが死んだからって、僕らを殺した数千ボルトの怪物は発見されない。直列の電流を避けて、みんながとるに足りなくて、みんなが危険なこの世界でさ——だから生きなくちゃいけないんだ。自分の九ボルトが直列に利用されないかどうか警戒しながら、健康に、卓球をしながらね。

シルバースプリングのピンポンマンみたいに？
シルバースプリングのピンポンマンみたいに。

原っぱの果てを見ながら僕は伸びをした。まず上体を後ろにそらせて、腕をいっぱいに伸ばした後、ポケットに手を突っ込んで脚を、つま先まで伸ばした。あくびが出る。そうやってリラックスした指先にその瞬間、固い紙の質感が感じられた。お札とは違うそれを僕は取り出してみた。家族娯楽館の傍聴券だった。ゴシック体の印刷書体をじっと眺めてから、

僕はそれをまたしまい込んだ。
僕らは、ラリーを始めた。

インディアンサマー、高い台、空っぽの球

不思議な秋だった。

原っぱの果てでは工事が完了していた。竣工ってつまり、もう元に戻せないってことだろ？　モアイがつぶやいた。ハアー、と僕は息を吐いたが答えられなかった。息もできないくらい、めちゃくちゃに殴られたからだ。予定通り店舗併設のマンション団地ができただけだが、原っぱの生態系は変わってしまった。そんな、感じだった。取り返しがつかないよなと僕は脳のどこかを使ってつぶやいた。めっちゃやられた。僕という名の生態系も、気づかないうちにどこかが変わってしまっているだろう。

意味わかんねーよ、一五〇キロまで出せるようなもの作っといて、制限速度は八〇に決めてるなんてよ……だったら初めっから、オートバイは八〇しか出せないように作るとか……すればいいじゃねーかよ。違うか？　と息まいた後、殴った。唾を吐きながら殴った。取り囲んで足蹴にした。僕は――虹を見た。目を閉じていても見えた。あれは何だったんだろう？

もうやめろ、死ぬぜ、とチョンモが唾を吐くようにつぶやいた。何で……わかったんだろう。そして、何で殺さないの？　って思うほどまでに僕を変えちゃったのはなぜなんだ。初めから殺せば……いいじゃん？　違うか？　と僕は脳だけを使ってつぶやいた。腹も立たないし、くやしくもなかったからいっそう切なかった。神さまは八〇キロしか出せないバイクを作るべきだったろう。ウィスコンシンにも、ヒューストンにもいない神さまは。

不思議な秋だった。目を閉じると虹が見え、勢いよく走っていくバイクの排気音が聞こえ、そしてしばらく死んだように寝てた、それでおしまいだった。そうやっていると僕らは不思議なほど心が楽になった。1738345792629921対1738345792629920の世界がまた、1738345792629921対1738345792629921に確定されたような気分で。虹なんか出てるはずのない空を見ながら、もう、こんなの僕だって飽き飽きだと思った。

その後すぐにチョンモは植物人間になった。カーブでセンターラインを越え、トラックと衝突し、オートバイとともにオートモードでブン、と一〇メートルあまり飛んで地面に落ちた、と、いう。参っちまうよな、あいつほんとに石頭だからよ、トラックのドアがボッコボコに凹んじまってよ。と手下の一人が騒ぐ声が聞こえた。嬉しくもないし興奮もしなかった。そして僕は切なかった。神さまは八〇キロしか出ないバイクを作るべきだった。ウィスコンシンとかヒューストンに住んでたっていう神さまは。

異常なほどに楽な生活が、そうやってしばらくの間続いた。誰もちょっかい出してこないし誰も接近してこなかったので、マジで自分が空き地になったみたいな気がした。掃除をする生徒たちが僕のそばを行ったり来たりする。売店を目指して走っていく生徒たちが、僕の横をすり抜ける。音楽室に移動する生徒たちが、大勢でいっせいに僕のそばを通過する。そして級友たちはこのような美しい歌を合唱していた。僕、という名の空き地を、歌が一瞬にして通過していく。

私の心が丘ならば　友はそこに咲く百合の花

私の心が海ならば　友は夕べにそこを飛ぶ白鳥
私の心が池ならば　友はそこに遊ぶ金魚
私の心が街ならば　友はそこを照らす街灯の光
（一九二〇年代に作られた歌曲「友を思う」の歌詞）

並列の九ボルトの電流、みたいなものが胸を流れていくような気分で、僕はこの瞬間ほど怖かったことはない。百合のような白鳥のような、そしてロパクをするあの金魚たちが怖かった。突然いつ直列の街灯を点灯されるかもわからない夜の街のような僕は、いっそう恐れおののいた。息を殺し、そして僕もロパクをした。

街灯が立ち並ぶ通りを過ぎて、僕らはまた〈ラリー〉を訪ねた。セクラテンは変わらずに僕らを迎えてくれて、僕らはいっしょに中国風冷麺を食べた。冷麺ですか？　湯気がもくもくと出ている厨房から料理長が頭を突き出した。冷麺ね、とセクラテンがうなずいた。それは夏のメニューで……材料が……どうたらこうたらでもいいですか？　とまた聞く。いいですよ、と僕らはまたうなずく。氷河期に出没していた三匹の爬虫類を見たような顔で、料理長はまた頭を引っ込めた。しばらくして冷麺が出てきた。冷麺は日陰に棲息するとかげの皮膚みたいに冷たく、固かった。

竣工記念フェスティバルにタレントが来たらしいんです。それを見にいって事故を起こして。何てこったとセクラテンが舌打ちした。おかげで……すごく楽になったんです、学校で。知ってるよ、とセクラテンがうなずいた。そしてもう言うことはなかった。ジャスミン茶を飲みながら、「吉」「和」「壽」という、あちこちに貼られた金箔の漢字を眺めて……貿易センタービルでのことを話すかどうかためらっていると、セクラテンがまたうなずいた。知ってるよ。何を？ 湯呑みをおろしながらセクラテンは舌を出した。エエ、エエエエ。何で知ってるんですか？ 一瞬その青い瞳が黒く見え、セクラテンが言った。私は夜の話を聞くネズミだからね。

そして僕らは卓球をした。ピンポン、ピンポン、ピンポン、ピンポン……久々に聞くラリーの騒音が、夕べの海を訪れる白鳥のように僕の心に染み入った。じっと僕らを見ていたセクラテンが、ぱちぱちと拍手をして言った。いいラリーだ……だけど鳩に勝てるかな？ 僕らは無視してラリーを続けた。ピンポン、ピンポン。夕べの海を訪れた僕の心の白鳥はいつも、せっせと緑の湖の上空を渡りきってしまう。

いってみれば、秋のほとんどは卓球をしてたといえる。そして、相変わらず学校には行っていたともいえる。いってみればといってみるほどのこともないくらい、平凡な秋だった。こまごました生活の中でもちろん、こまごました事件が僕に訪れはしたけれど——街灯は要らないと言い張る街、みたいな心で僕はそれらをやりすごした。いじめも暴力もなくて、だから久々に生きた心地のする秋だったんだけど——今年の秋はほんとに変だよ、と卓球をしながら僕はつぶやいた。何でだろ？　とモアイが聞いた。いってみれば……退屈なんだ……君は？　モアイは無言で球を打ち返しただけだった。ピンポン、ピンポン……退屈じゃないのは卓球だけだった。ピンポン、ピンポン、ピンポン、ピンポン……そんな、秋だったんだ。

そうなんだけど——僕は秋のことについてちょっと詳しく話してみようと思う。話さなくちゃいけないと、思う。ジュースポイントのその世界が結局どう進行したのかを、生物濃縮と食物連鎖を通して極地にいる僕らにどう伝わったのかを——といってもマジで何も起きない秋だったんだけど。1738345792629922番目の秋は、やっぱりそんなもんで、ピンポン、ピンポン、ピンポン……誰もが忙しくピンポンと打ち、打たれ、ピンポン、ピン、ポン……しいていえば

曇った日が二日、晴れた日が一七日あった。

誰にとっても

卓球をやるにはまたとなく良いシーズンだったと、僕は思う。

生徒会長にまた会った。偶然のことで、休み時間に、廊下で。あ、君、卓球部……だよね？　と近づいてきて、嬉しそうに声をかけられた。再任を目指して今学期も会長選挙に出馬した、と言った。だからよろしくね……いま推進中のプロジェクトの仕上げの際にはぜひ手伝ってくれよな……学校のためになることだから……全校生徒が利用できるボーリング場の建設を推進中なんだ……先輩たちを一人ひとり訪ねていって説得してるところなんだと、言った。僕は、

黙っていた。

人材資源部（現在は教育部。日本の文部科学省に当たる）に勤めているある先輩が、ぜひいっしょにやろうって言うんだよ。自分もそんな施設を夢に見ていたから、この際決定しちゃおうって。僕はただ学校のために提案しただけなんだけどね……ともかく校長先生も推薦文を書いてやろうって約束して下さったし……まあ自分で言うのも何だけど……それで頼むんだよ。前学期も大過なく終わったことだし……脳が変な一年生たちについては、僕が個人的に説得してるところなんだ。とにかくまあ、任期は順調に終えられたと思うんだけど……どう、君の考えは。僕は、

黙っていた。

首をバキバキッと曲げるバスの運転手にC地区の書店の前で会ったこともある。くたびれたジャンパーを着て、雨も降っていないのに大きな折りたたみ傘をさしていた。いっしょに横断歩道を渡り、同じ方向に二〇〇メートルぐらい並んで歩いた。彼は、単にちょっと老けただけだった。

財布を拾ったこともあった。身分証はなくて三万二〇〇〇ウォンが入っていた。それはエイの革製だと、〈アフリカ〉の店員が教えてくれた。やたらと良いことばっかり起きるね、と店の主人が言った。僕は、

黙っていた。

ユニフォームを交換しに行ったスーパーで、保健室の先生に会ったこともあった。スーパーの女性店員とひとしきり言い合いになり、いきなりわーっと大声を上げていた。ちょっと、あんたいくつなのよ、え？　いつだったかさんざん殴られた僕は保健室に行ったことがある。そのときも、何

年生？　と彼女に聞かれたものだ。

夜遅く、メトロポリスのコンビニでは店長の奥さんに会うこともあった。カウンターの中でご健在だった。隣には同年代の男性が一人、寄りかかったままで立っていた。飲み物を差し出して会計を終えると、二人が同時に「ありがとうございます」と言った。ってことは、

大部分の人々がご健在の秋だった。

家の近くのバス停で、マッサージをしてくれた老人に出くわしたこともあった。悠然とした顔で、このごろはめっきり会いませんな——と、言った。僕は、

黙っていた。

モアイは引っ越した。家を出て、とうとう一人でマンションに住むんだという。マンションの周辺のこととか町のこととかを説明してくれたけど、僕は遊びに行くとは言わなかった。その代わりに、いつか……うちにさ……よかったら……遊びに……来いよ、と、言った。モアイはうなずいた。

モアイのおじいさんは渡米した。アメリカに行って冷凍するんだって、とモアイはジョン・メーソンの小説二篇を僕に聞かせてくれた。モアイはジョン・メーソンの小説二篇を僕に聞かせてくれた。

急に話しかけてくる人もいた。振り向くと人違いだと言った。ひげをそってない三〇代中・後半の男の人だった。

いちょうの木は例外なく黄金色に色づいていた。

大勢のサラリーマンが出勤していくのを、見た。

スニーカークリーニングの専門店で、すごく可愛い女の子に会ったこともあった。女の子は二足のスニーカーを預け、殺菌・抗菌を終えたバスケットシューズを一足受け取った。店の中には女店主と二人の主婦、一群の女子高生がいたが、みんな一言ずつ、可愛いねー、とひそひそ言った。いいえ、と困りきった顔で女の子が言って出ていった。だけど鼻がちょっと広がっちゃってる感じだよね？ 脚も短い方だし。腰が長いんだよ、と女子高生たちがささやいた。肌がちょっとね、と二人の主婦もうなずいた。

セクラテンに学校で会ったこともある。お互いにぴたっ、と足を止め、どことなく気まずい会話を交わした。どうしたんですか？　うん、やっぱり双子を転校させなきゃならなくなりそうでね。どうしてですか？　校長からの電話に出るのもいやになっちゃってさ……それと……上の子がいるんだけど、その子が弟たちといっしょに学校に行くのがいやみたいでね。生まれつきの青い瞳で廊下を凝視した後、セクラテンは教務室の方へ歩いていった。僕はぴたっ、と止まっていたが、教室の方へ足を向けた。

二人の感冒患者を見たこともある。バスを降りるまでひっきりなしにちょっとの間もなくくしゃみをし、鼻水を流していた。

コンビニの店長は若干、言葉数が減った。そんな、感じだった。

レジャーチャンネルではずーっと、去年の夏のリゾートの風景を流していた。人類、といってもいいぐらい大勢の人がアリの群れみたいに海辺に集まっていた。去年の夏って意外に楽しかったのかもしれない。去年の世界も、いってみれば楽しかったのかなあ？　粉食店の裏の小さな空き地で、エプロンをした男の人が話しかけてきたこともある。お前んち金持ち？　雨みたいに汗を垂らしてて、口にはタバコをくわえていた。僕は黙っていた。男はぺっと唾を吐いて厨房に入っていった。

旧市街地の中華料理店は中国風冷麵の販売を中止した。

七人の子どもが並んで木馬に乗っているのも見た。

きゅうりマッサージを受けている二人の婆さんを見た。

良いラリーは、行き来する球の動線を見ればわかる。いちばんかっこいいのは、らせん形の帯みたいな線を作り出すことだ。古代のそれは新しい遺伝子を作る方法として用いられたんだとセクラテンは言った。折も折、新しい遺伝子みたいな双子が〈ラリー〉を訪ねてきた日のことだ。

講堂の方のトイレで、めがね君に会ったこともある。昨日の夜、リプライの数で九回も一番になったよと言った。わあ、すごいねと並列に並んだ別のめがね君が、おしっこをはねとばしながらくすくす笑って言った。

読まないって言ってるのにやたらとベルを押されて、新聞をとれと言われた。

週末ドラマでヒロインの一人が死んだ。そして、

チスから呼び出しがあった。真夜中に公衆電話からかけてきたのだ。久し振りだなあ、釘。元気だったか？　元気だったと僕は答えた。今あそこなんだ、セブン-イレブン。チスはコーヒーを飲んでいた。五分あまりなんにも言わず黙ってて、五分が過ぎてもぼんやり立っている。ったく……どうなってんだ？　とチスが聞く。何が？　誰も電話に出ねーし。僕はチョンモが事故にあったことを教えてやり、他の連中のことは知らないと言った。そうか、とチスはうなずいた。もっともなあ、

あんな奴生きててどうするよ？　違うか？　紙コップを握りつぶして投げ捨てながら、チスはにっこり笑った。お前も飲むか？　いいよと言ったのにチスはむりやりコーヒーを買ってきてくれた。あの野郎バカ騒ぎしやがって……でもまあ、ゴミの分際で補償金でも受け取れりゃ大したもんだよ。そしてまた黙ってしまった。パチパチッと、セブン－イレブンの看板の中で寿命のつきた蛍光灯がいやな感じの音をたてた。

釘よお……もしかしてタルから、電話とか来なかったか？　チスが聞いた。いや、と僕は答えた。チスはタバコを取り出してくわえた。あのな、あいつ俺のケータイ持って逃げやがったんだよ。お前の番号も中にあるから、ひょっとしてと思ってな……ちょっとケータイ貸してみ。ツーツー、ツーツー、そしてチスは自分の番号に何度も電話した。呼び出し音はするが、結局つながらない。ぽんと吸い殻を投げ捨てた後、チスは新しいタバコをくわえた。

このへんで遊んでたオンナだからどっか近くにはいるんだろうけど……釘お前、ちょっと俺のケータイにメッセージ残せよ、お前の声で。つまりさ、俺にかけたていで、何で連絡よこさねえんだって言うんだよ。前に話した一〇〇万ウォン……いや二〇〇ぐらいでもいいや、それが準備できたから取りに来いって言え、金に目のないオンナだからな。しぜーんに、自然に言わなきゃだめだぜ、わかったか？　じゃあ練習してみ。それで僕は、言わざるをえなかった。

えっと……チス？　あのお金……二〇〇万ウォンね……

お前ふざけてんの？　チスの声が冷たくなった。おい釘、ふざけてるような状況じゃねーんだ、こっちは。深刻なんだ。ちったあ人の置かれた立場を想像できる奴だと思ったのによ……友だちとして、そのぐらいはしてくれてもいいんじゃねーのか？　え？　それで僕は、また、言わざるをえなかった。できるまで、未明の静けさの中でチスのご指導を受けながら……できるまで。

チスか？　俺、釘。例の金、二〇〇万ウォン、できたからヨ、俺、通帳とか持ってねーから来て受け取れ。来られなかったら友だちをよこすとかしろヨ。それはそうと何で電話に出ねーんダ？　クソッタレ、欲しくねーなら俺が使っちまうゾ。

メッセージを残すと同時に呼吸困難に見舞われた。ハア、ハアと僕はうずくまったまま、しばらく激しい息をついた。ピッ！　そのときメールが入った。メールを確認したのはチスで、その内容は察しがついた。チスの顔から血の気が引いた。チスは黙って座っていたが、またタバコを取り出して吸い、突然自分の肛門のあたりをかきむしりはじめた。ハアハア——そしてチスが口を開いた。

おい、釘、

ちょっと、くらえ。

だから僕はくらわないわけにいかなかった。一言も言わずにチスは僕を殴り、一言も言わずに僕は地面にでんぐり返った。どれだけ時間が過ぎたのだろう。髪の毛をひっつかんでいた手ごわい手が僕の頭を持ち上げた。無表情な顔を、それで僕は見ることができた。ゆっくりと一発ずつ頭をこづきながら、ぽつり、ぽつりとチスはつぶやいた。低い声が釘を打ち込むように僕の頭の中に食い込んだ。

こんな世の中だからなあ、

ダンヒルみたいに

優しくしようと思ってもなあ（韓国ではタール1㎎のタバコとして最初に流行したのがダンヒルだったため、ダンヒルは優しいというイメージがある）、

なあ？

だろ？

僕は横になったまま夜空を眺めた。宇宙の大部分は空白、太陽をビー玉ぐらいの大きさと仮定すると、銀河から最も近い惑星の距離は二〇〇キロ、銀河にはそんな星が一千億個……なのに、そんな銀河が……というようなことを思いながら僕は横たわっていた。これはちょっと借りてくぜ。パンとケータイを折りたたんでチスが言った。僕は黙っていたけど、脳のどこかからボンと、思わず言葉が飛び出した。脳からといっても、出てきたのは僕の口だから、僕としてはなおさらめんくらってしまった。何で、何で……僕を選ぶんだ？　しばらくあっけにとられた表情を見せた後で、チスが言った。

何となく。

あえていうなら、そんなことがあったのだった。一〇日くらい釘が打ち込まれたような痛みがあり、その釘が抜けたころひとしきり雨が降った。いちょうの葉は例外なく落ちて道に積もっていた。知ってるよ、とセクラテンはうなずいた。軽く、僕もうなずいた。そういえば

こんなこともあった。また卓球に熱中していたある日、お父さん、と言って誰かが〈ラリー〉の

ドアを開けた。そしてお互い、ぴたっ、と、なった。生徒会長だった。ラリーを続けたが、とても集中できない。ひそひそ声の会話だったが――頬の中でうごめくピンク色のうどんと、うどんみたいにつながった話の脈絡は聞こえてきた。双子の転校問題だった。どうして早く転校させないのか。特別支援学校を探しているところだ。そう言ってからどんだけ過ぎたと思ってるの。それほど簡単な問題ではないのだ。校長先生も盛んに催促している。といったような、ことだ。横目でじろりと僕らをにらんで生徒会長が出ていったあと、僕は尋ねた。息子さん……ですか？　困惑した表情でセクラテンは、まったくとんでもない答えを返した。あの子にはね……ママがいたんだ。僕らはそれ以上聞かないことにした。

異常なほど蒸す日が続いた。モアイも僕も半袖を着なくてはならないほど。このようなお天気をインディアンサマーと言いますよね。冬が来る前の最後の狩りをすることができたため、インディアンたちはこの時期のことを神の祝福と考えていたといわれています。女子アナのきれいな声の解説がなくても、空を見上げれば自然とそんな思いが浮かんできそうだった。バスに乗っているとき、いつも僕は最後の狩りに出かけるインディアンみたいに窓の外の空を思いきり味わっていた。その空の下で、みんな一生けんめい生きていた。
いってみれば
誰がうまくやってるわけでもないけれど
誰が悪いわけでもない、秋だった。

1738345792629922番目の秋は
そういう、秋だった。

そんなインディアンサマーの日曜日の朝だった。僕は一本の電話を受けた。セクラテンだった。えーと……あのだね……ピンポンを始めようかと思って……いいかい？　いいですと、僕は答えた。卓球をやるにはまさに絶好の天気だった。一度でも卓球をしたことのある人なら誰でも同じように答えただろう。私があげたボール、ちゃんと持っているかい？　〈信和社〉のボールなら、ちゃんと持っている。モアイも来ますか？　モアイも来るよ。わかりました。じゃあ、原っぱで会おう。

その日は格別に原っぱが広々と見えた。野牛の群れでも通り過ぎたみたいにむんむんする熱気でいっぱいで、その熱気で胸がドキドキするほど。しばらくしてモアイが着いた。そしてすぐに、野牛を追うインディアンの行列みたいに、セクラテンと生徒会長と、双子が順々に車から降りた。こにちは。と双子があいさつした。鳥とネズミに似た顔の双子にむかって僕らは手を振った。生徒会長は何も言わなかった。

さ、これ。

棚の鍵のダイヤルをあっちこっちへ回してセクラテンは小さな箱を取り出し、僕らに差し出した。箱の中には二つのラケットが入っており、やはり〈信和社〉のマークが捺されたペンホルダーとシェイクハンドだった。わけもわからないまま僕らはそれを受け取った。いきなり、原っぱと、うず高く積まれた角材と、遠くで完成している店舗併設マンション団地と、学校の本館の裏で始まっているボーリング場の基礎工事が一目で見えた。突然のことで……すまないね、とセクラテンが口を開いた。でも私も、何万年ぶりのピンポンなのか……それさえ思い出せないんだ。とにかくピンポンを始めよう。そしてセクラテンは低くつぶやいた。

高い台、空っぽの球。

セクラテンの視線を追って僕らはみな、いっしょに空を見上げた。そしてどれだけの時間が経ったただろうか。あまりにも澄みきっているので不安になるほどの空の向こうから、何か、星のようなものがきらきらしながら現れた。それはだんだん近づいてきて、急激に大きくなった。ハレー彗星だ、とモアイが叫んだが、それはハレー、彗星、ともいえない「ある」ものだった。何だあれは？と人間らしく生徒会長が叫んだが、誰も何も言えなかった。それはむしろ昼間の月に近く、火花も長いしっぽもなく、垂直に下降してきた。

それは巨大なピンポン玉だった。

ご苦労さまです、いやいや、どうも

そのことよりは、

ボルネオの豚だとか、またはチリソースをかけた〈アフリカ〉のオムライスについて僕らは話した。フードメニューも始めたのはいいことだと思うな、卓球やっておなかすくことあるしね。つけあわせについても話した。大根の甘酢漬けと、にんにくをきかせたブロッコリー三房がいつもオムライスのつけあわせについてくるのだった。一度は四房だった。三房か四房のブロッコリーみたいなぶつ切りの、タレントの柳《ユ》に関する記憶が静かに浮かんできた。

番組を見たのは先週末だ。新人女性タレントの柳がボルネオの豚に聞きたいことをささやいた。

何て言ったんですか？　言えません。シーッ、絶対、ひみつよ。カメラに向かって彼女が眉をしかめてみせた。この地方の原住民はですねー、昔から、神さまにお伺いを立てるときには、豚に伝えたといわれています。そうすると神さまが豚の肝に答えを残してくれるんですって。それで私も今質問をしてみました、ドキドキです。結果が気になりますよね？　ではついてきて下さい。そして祭礼と儀式が紹介された。シャーマンが豚の肝臓を取り出して、ともあれご神託を読んでくれた。何て言ったんでしょうか？「それは永遠に続くであろう、そして栄えるであろう」。じゃあ豚を殺したんですね？　男性キャスターが訪ねた。はい、私もびっくりしたんですよ。そんなこととは思わなかったので……私もすごく辛くて……すごく可愛い豚だったのに……スタジオの柳はずっと泣き顔だったが、結局泣き出してしまった。そんな柳を、いっしょに出演していた金がなだめてやった。落ち着いて下さいね。ところで何を質問したんですか？　視聴者の皆さんが知りたがってらっしゃると思いますよ。あ、それは……この番組の視聴率が上がるでしょうか？　って聞いたんです。気持ちを整えた柳が、大きな目をもっと大きく開けてぱちくりさせながらそう言った。おー、わー、と出演者たちが拍手した。ありがとうございます。以上、ボルネオの奥地から……ご苦労さまでした。

柳はずいぶん太ったな。モアイが言った。そうかな？　僕が聞いた。絶対そうだよ、とモアイが答えた後、僕らは言葉を失った。白色のその世界は静かで安らかで、静かで安らかなその空間に寝そべって、僕らは黙って目を丸くしていた。世界はどうなっちゃったんだ？　モアイが口を開いた。えーと、と考えてはみたけど、僕は何も答えなかった。代わりに――可愛い豚じゃなかったんだと思う、と言った。柳も可愛くはないしね……とモアイがうなずく。四方はまぶしいほどで、明るいうえにも明るかった。

月よりも巨大だった。それは垂直に下降してきて、ゆっくりとしみ込むように地面とぶつかった。それまでにもかなり時間がかかっていたので、僕らはピンポン玉が近づいてくるその光景を――巨大なる接近を、長いこと観察できた。空を覆った白球の影の中で、僕らは聞いた、ああああああああああああああああ　遠くからも感じることができた、僕らが慣れ親しんできた世界が吐き出すさまじい吃哮を、嘆声と悲鳴を、そしてサイレンを――僕らは聞いた。店舗併設世界が地震のようにめちゃ揺れしていた。こうして卓球界は、この世と一つになった。

がりっ

それが地面とぶつかった瞬間、そんな音がした。がりっ――地面よりも先に僕らの頭皮が、頭骸骨が、鎖骨が、つまり全身がその音とともに卓球界にめり込む。目を閉じていたのに、まぶたごしにも明るさがわかるほどまぶしい世界だった。がりがりっ。そしてボールが深く食い込む音を聞いたのが最後だった。それから静かになった。耳が退化してもいいくらい完璧な静けさだ。ラケットを握りしめたまま、僕は左手でモアイの手を探り当てて握った。確認できるのはラケットとモアイだけだ。ラケットとモアイはほんとのほんとにあったかかった。

目を開けたのは、耳が退化してもいいくらい長い時間が過ぎた後だった。初めは何も見えず、いや、厳粛なほど真っ白なものでいっぱいの空間が見え、それは小さな宇宙ひとつを反転させたような感じだった。その宇宙の真ん中に僕らは座っていた。周囲には誰もおらず、何も見えず、ただソファーと卓球台と棚だけが原っぱと同じ位置、同じ配置で置かれていた。僕はゆっくりとそれらを撫でてみた。ほんとのほんとに、

あったかかった。

そのあったかいものたちを除いては——完璧な無の世界だ。四方の白さがだから僕には恐ろしく、美しかった。セクラテンはどうなったんだろう？　それに双子は？　ええと、と僕はもう一度あた

りを見回した。そばにセクラテンがいてくれたらあったかかっただろうけど、すぐに気持ちが楽になった。眠気が襲ってきた。僕らは異常なほど無為で、異常なほど全身無事だった。爪をかみながら僕は寝入ってしまった。どこも痛くないし、寂しくもない。長い長い真っ白な睡眠を、それで僕らはとることができた。

起きた？　モアイがささやいた。起きたよ。そして僕らは黙っていた。四一人から、六三六人から、一九三四人から、または五万九千人か六〇億から排除された静けさが僕らをとりまいていた。直列だとしても……どうしようもないよね？　モアイが聞いた。どうしようも……ないよ。ほんとのほんとにあったかいラケットを握ったまま、初めて僕らは楽しむことができた。ボルネオの豚だけどさ、とモアイが豚の話を持ち出したとき、僕はだから、ああ、とほんとのほんとにうなずいた。あの番組僕も見た。ヘンだったよね？　ヘンだった。

グッモーニン。

セクラテンの声が聞こえたのは、豚とオムライスとつけあわせのブロッコリー何房か程度の話をひとしきり話し終えた後だった。体を起こして振り向くと、原っぱの終わりくらいの遠いところに巨大な生物が立っていた。とても言葉にできないほど奇っ怪な姿で、店舗併設マンションとたいして変わらないぐらいでっかい、おそらく頭、と思われる部分が僕らを見おろしていたので、僕らもその頭、と思われるところを見つめるしかない。たくさんある足を大股に動かしてそれは近づいてきた。僕は再びラケットを握りしめた。

おかしなことにそれは、近づけば近づくほど小さくなるのだった。低い山ぐらいの大きさになり、それから小さな建物ぐらいに、そして育ちきったプラタナスぐらいになり、もうすぐそばに来るという瞬間には僕らと同じぐらいの背丈になっていた。あ、とモアイがため息をついた。あ、と「それ」もため息のようなものを吐き出した。長距離を歩いてきたのか、たくさんある足の震えがしばらく、止まらない感じ。

私だよ、セクラテン。*

その何かが、私だよセクラテンと言ったので、僕らもしばらく足が震えそうになってしまった。どうなってんだ？ ラケットをギュッと握ったまま僕は聞いた。驚かなくていいよ、これが私の本来の姿みたいなもんなんだから。卓球人ってだいたいこんなもんなのさ。そしてまた遠くから、セクラテンみたいな生物たちがこちらを目指して歩いてきた。やはり巨大だったが、近づくにつれてだんだん小さくなり、ボルネオの豚ぐらいの大きさになった。二匹はセクラテンと同じようなかっこうで、一匹は体は同じだが、顔が目立って人間っぽかった。白色の世界でひときわ目立つピンク色の頬。生徒会長だった。こんにちは？　あ、こんにちは。僕らのあいさつに彼は努めて視線を合わせまいとするそぶりで、ピンクのうどんみたいなものが、ふくらんだ頬の中で何度かのたうった。ああ、やだなあ、何だよ……何なんだよ。彼はひどく腹を立てている様子だった。どうなってんだよお父さん。え？

ただ、

ピンポンが始まっただけだよ。首をかしげて平然とセクラテンが言った。ピンポンはね、とセクラテンはまたため息をついた。私としても説明に困るんだけどね。気になることがあったら順に一つずつ質問してくれたらいい。あんまり久々のピンポンだもんだから、進行者の私といえどもいろいろ忘れていることがあってね。いったん座ろうか。ソファーには釘とモアイがかけて。どっちにしろ、仕事が多いのは君たちの方だからね。仕事という言葉がひどく気になったが、僕らはいったんソファーに体を沈めた。目の高さに広がった卓球台の水平線が、そして両目の視野いっぱいに

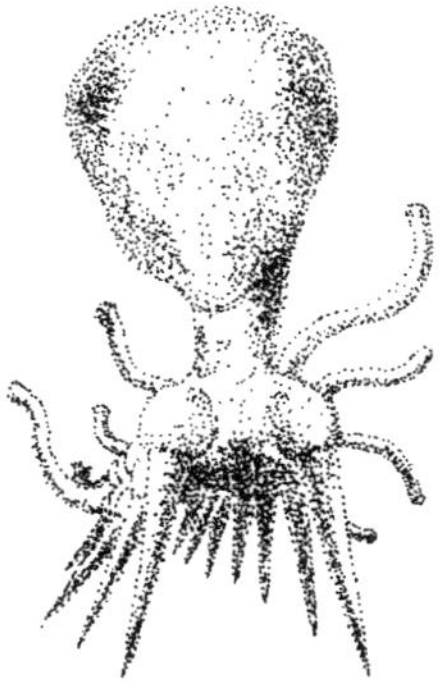

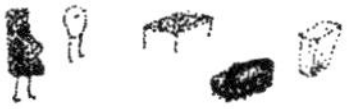

四

入ってきた。初めてソファーに体を埋めたときのように、卓球台は、世界の集約、みたいな感じで目の前に置かれていた。ピン。ポン。ピン。ポン。ピン。ポン。ピン。ポン。異常なほどに爽快だったあの音が耳の中で高速回転するような感じ。僕は無性にその球を拾って打ち返したかった。できるなら——巨大な、白く、まぶしいその球の中で。

　これはひとつのプログラムなんだ。セクラテンが口を開いた。プログラムですか？　いってみれば生態系の様式の管理だね。現在のフォームを維持するか、またはアンインストールするか、それを決定するんだ。決定、って、どうやって、ですか？　もちろん卓球で決めるのさ。良いか悪いかは別にして、君らはこれから、人類の代表と試合をしなくちゃいけないんだよ。人類代表って……じゃあこれ、人類関係のことなんですか？　そのものだよ。人類をインストールしたままにしておくのか、アンインストールするのか。その決定が勝利者にゆだねられているんだよ。何でそんな決め方しなくちゃいけないんですかね？

それだけのことがあるから

そうなってるのさ。このボールはどこから来たんですか？　どこかからとしかいえないな。宇宙はあまりにも広いから。いってみればどこかにある——つながっている——生命がそこから来たところだ。このボールは地球の要請によってもたらされたともいえるし、あちらの意志でもたらされたともいえるんだよ。すなわち、レシーブでもサーブでもありうるってことだ。前にもこんなことがあったんですか？　もうしょっちゅう、しょっちゅうだよ。記録を見たいかい？　セクラテンがそう言うや否や、真っ白な空間の一点が破れるように開き、それはすぐに黒い夜空のような空間となり——最後は鮮明なワイドモニターになった。わあー、とどよめく暇もなくセクラテンが説明を続けた。これが地球の直近のピンポンの記録だ。僕らはたちどころにして、モニター上にすさまじいばかりの卓球の試合のようすを見ることができた。恐竜の試合だった。

勝者は二頭のイグアノドンだ。二頭の名前は……もう思い出せないな。とにかく、彼らがアンインストールを選択し、一度の空白期を経て現在の人類がインストールされたというわけだ。氷河期……のせいじゃ、なかったんでしたっけ？　生命っていうのはね、自らの意志によって自らを意志するものなのだよ。僕は黙って、モニターの中のイグアノドンを見ていた。自分の何倍も大きく、強力な相手と戦って勝利した——倒れそうになりながら、荒い呼吸をしている複雑な表情の生命を。奇妙なことに、ラケットを握りしめたイグアノドンの前足は爪がほとんどはがれていた。大変だったんだな。じっとひざの上に置いた両手の指先を、僕は黙って見おろしていた。それだけのことがあるから、

そうやってきたんだ。

僕は尋ねた。世界はどうなったんでしょうか、僕がいたあそこは？　根本的にまだ何の変化もないよ。卓球界は地球と衝突したんじゃなくて着床したんだから。ただ、みんな恐怖は感じているだろうね。今ごろ外壁を探査しようとして必死になってるんじゃないかな？　そんなことしても何にもならないだろうけど……見たいかい？　見たいです。セクラテンがまたモニターを操作した。宇宙から見た地球の姿がモニターいっぱいに映し出されている。東北アジアの入り口にピンポン玉が食い込んだまま、地球はあいかわらず公転していた。軌道は離脱してないんですか？　モアイが聞

いた。心配いらないよ、卓球界はとっても、とーっても軽いから。セクラテンが息をはずませながらつぶやいた。

でも、どうして僕らなんですか？　モアイが聞いた。それは私にもわからないんだよ。偶然じゃないのかな？　原っぱで君たちが卓球台を見つけたのも、君たちが卓球を習いに来たのも、二頭のイグアノドンが卓球に熟達したのも……それは私が干渉することではないのだ。私の役割は作動しているプログラムを進行させ、ルールに従って判定し……そしてアンインストールが決まったら新しい生態系を開始させる……そういうことだから。じゃあ、結果によっては人類が滅亡することもあるんですね。勝利者の意志によっては、ありうるね。人類が残るならすべてが原点に戻るしな。じゃあ卓球界はどうなるんでしょうか？　ピンポン玉というのはね、と答えの代わりにため息をつきながらセクラテンはボールをひとつ取り出した。よく見てごらん。触手の先に小さな火花が発生した。ボールはすぐに青い煙を出して燃えだし、そこには何の物質も残らなかった。こういうことだよ。じゃあ、どうしたらいいんですか？　モアイが聞いた。卓球をやるんだよ。セクラテンが肩をすくめて言った。

いくつかの違いに慣れておくといい。まず、遠近感が違うということ。つまり遠ざかるほど球が

大きく見えるってことだ。もちろん近距離では大きな違いはないんだけど、とにかくその点はよく覚えておくようにね。それから、目でボールをキャッチするのはすごく大変なはずだ、卓球界全体がピンポン玉の保護色になっているからね。ここで卓球をやるにはちょっとしたセンスが必要だ。それ以外は習った通りだよ。

象ぐらいに大きく見える距離で、セクラテンの双子たちはのんびり遊んでいた。モアイは頬杖をついたまま何も言わず、セクラテンは棚をがさごそかき回してキーボードやホイールマウスなどを取り出していた。ラケットを握ったまま、僕は卓球界のあちこちを歩き回ってみた。どこへ行っても結局は真っ白な世界が広がっているだけだ。遠近感がおかしいので、どこへ行っても違和感がある。だから僕は空を見上げた。空、といってもやっぱりまぶしくて白いだけなんだけど——とにかく僕はそっちのほうがよかった。僕はのろのろとあたりを歩き回った。

ボン、と体がぶつかった。生徒会長だ。あ、と謝ってるようなことを言ってみたが、彼は関わりたくないというようにケータイのキーを押していた。ちゃんと押せるわけがない。触手を調節するのに骨が折れるのか、彼はずっと汗を流しっぱなしだった。必死の努力のすえに彼が押したのは、112（韓国の110番）だった。あ、と思って何か言いたかったけれど、適切な言葉が思いつかない。触手でも動かすように汗を垂らしたすえに僕が言ってやれたのは、これだけだった。

ご、ご苦労さま

＊原注……セクラテンのイメージはカンブリア紀の生物ハルキゲニアをもとにしている。絵とは逆に、現在では七本の触手を使って動いていたという説が有力だが、とにかくトゲで全身を支えているというデザインが気に入っている。

せんきゅ、せんきゅ

　ソファーまで戻ってくると、僕はそこに顔を埋めた。充分に休息しておけとセクラテンは言ったが、休息なんかしていられる気分ではない。よく……わからない。怖い。モアイが黙って手を握ってくれた。僕は目を閉じた。まぶたに閉じ込められた残光が静かな星雲みたいになって、網膜のあたりをめまぐるしく漂っている。そこから四一人と、六三六人と、一九三四人と、五万九二〇四人と、六〇億の顔、みたいなものが――浮かんでくる。心配するな、僕らが勝つわけないんだから。モアイの声が額の真ん中にしみ込んだ。ゆっくりと、いってみれば何かの液体みたいに額の真ん中の釘穴から流入してくるような感じ。そうかな？　もちろんだよ。人類の代表とやる試合なんだぜ、たぶんワン・リーチンとか、ティモ・ボルクラスの選手だろ？　違う？　僕ら程度の力で勝てると思う？　そうだろ？　そうだね、たぶんね。

あのねモアイ……頼みがあるんだ。何？　何でもいいからお話してくれない？　えーと……ジョン・メーソンの小説でもいい？　いい、何でもいい。ジョン・メーソンの遺作『ここ、あそこ、そしてそこ』にこんな話があるんだ。アイザック・ケンドルトンはほんとに平凡な市民でね。特別な点があるとしたら、アジア系移民と同じようにするめを食べるっていうことぐらい……でも、それはタイで働いているときに身についた小さな癖にすぎない。彼はまじめだし、毎日をほんとに一生けんめい生きている人なんだ。悩みもほんとうに小さなものでね。秋に年俸の交渉で八〇〇ドル減額されたことと、最近次女にハウスダストアレルギーが出たこと、それと妻のリンダがごくたまに、教会の主婦の集まりでのストレスを訴えることぐらい。その程度だったんだ。いや、それともう一つ、最近自分がよく「あちゃー」っていうくらい度忘れしてしまうというのがあった。でも、同僚のサムやクールガイが俺も同じだよって言うから、それほど気にしちゃいなかったんだけど。五〇歳を過ぎた男性ならたいてい「あちゃー」するようになるし、前立腺が肥大するもんだからね。問題のその日も、彼は小さな「あちゃー」をしただけだった。文字通り、すごく小さなこと。

まずは朝、家を出た直後のことだ。車のエンジンをかけてシートベルトを締めて、ラジオの周波数を合わせたときだよ。ドアの鍵、かけたかな？　ふとそう思ったんだ。車から降りて彼は玄関に戻っていった。ドアはちゃんと閉まってる。また車に戻って二ブロックぐらい走ったところで、待てよ、俺、ガスの火消したっけな？　って気がやたらとしてきて、車を停めて妻に電話したんだ。そうお、確認してみるわって眠そうなリンダがぶつぶつ言って、足音がして、すぐにうんざりしたような声が受話器の向こうから聞こえてきた。消えてたわよ？　ありがとう。そして安心して彼は会社に到着した。車のドアを閉めたかなと気になりはじめたのは、エレベーターを降りた瞬間でね。彼はふーっとため息をついたけど、すぐにオフィスに入っていったんだ。だって駐車場は管理がわりと行き届いてて、ドアが開いてたとしても自分のトヨタを盗む人間なんかいないだろうと思ったからさ。彼は仕事を始めた。ちょっとアイザック、とミス・ヘレンが訪ねてきたのは午前の仕事がほとんど終わるころ。廊下でこれを拾ったわよとヘレンが差し出したのは、アイザックのＩＤカードだった。ありが……とう、ありがとうとは言ったけどアイザックは混乱しちゃったんだよ。何で落としたのかな？　いつもカードは首にかけていたのでなおさらわけがわからない。しばらくカードをいじっていたが、ちょっとして彼はやっと廊下で起きたことを思い出した。クールガイとばったり会って二分ぐらい話をしたんだ。うっかり落としたペンを拾おうとして――そういえばあのとき俺、しゃがんだな。彼はまたため息をついた。問題は、クールガイと話したのを「あちゃー」していたことだ。

そういうことはあるよ。ランチを食べながらクールガイが言った。やっぱり年齢はだませないよなとサムが口をはさむ。アイザックはサムのはげ上がった額を見てせいぜい自分を慰めた。忙しすぎるからだよ。そう、そう。三人は食堂をいっしょに出た。そしてエレベーターに乗るとき、えーと、俺いま何食べたんだっけ？　急に自分が食べたものを思い出せなくなったんだな。サムが食べたのはメキシコ風パスタ、クールガイはいつものようにベークドポテトとステーキだった。でもほんとに、自分が食べたものがわからなかったんだよ。だけど彼はそのことを同僚たちには言わなかった。午後にも何度か、そんな小さな「あちゃー」が続いた。

リンダから電話が来たのは退勤する直前だった。リンダは買い物を頼み、アイザックは買うべきものを一つひとつ頭に叩き込んだ。そして電話を切ったんだけど、その中のいくつかが思い出せないんだ。電話を切って五秒もたたないのにだよ。彼は家に電話して、買い物リストをもう一度確認してきちんとメモをとった。それを上着の右のポケットに入れて、じゃあまた明日な、バーイ、と同僚たちにあいさつして駐車場に降りてったそのとき、あーあと思ったんだよ、トヨタのドアはしっかり閉まってたから。ウォルマートに向かって彼は車を走らせた。買い物をして、カートを押してレジの前に立ったとき、ひょっとしたらと思ってメモを確認してみた。牛乳、ハム、チーズ、洗剤、マカロニ、グリーンジャイアントの缶詰、桃のジャム……芳香剤と肉用ナイフ、多目的ハンガー。だけどマカロニが見当たらない。カートを引っかき回してみたけど、どうしても見つからないんだ。チクショーと思いながら彼は売り場に戻った。イタリア系のリンダはマカロニの種類にはけっこううるさいんだよ。だからそれはちょっと離れた、輸入品コーナーの一番端っこに並んでるんだ。イタリア語がぎっしり書かれた箱を持って彼はカートに戻った。その間にレジの列はすごく伸びてさ、ひとりでにため息が出ちゃう。カートにもたれてひと眠りしてもいいくらいの時間が過ぎて、ようやくレジを打ってもらう番になって買ったものを一つひとつ取り出していったら、何てこった、カートの一番底で下敷きになってたマカロニの箱が目に入ったってわけ。アイザックはまた複雑な気持ちになって、お客様？　っていう声でようやく気を取り直した。もじもじしていたアイザックは黙ってレジを終えた。マカロニがだぶったからって人生に問題があるわけじゃないけどさ、その日のレジ袋はひどく重い感じがしたんだね。気分を変えようとして彼は歌を口ずさんだり、カートを片づけてくれる案内員にていねいにあいさつを返したりもしたんだよ。ありがとう、ありがとうって。

家に帰る車の中で、彼はもう腹が減り始めてた。あんまり良い気分じゃなかったんだね。ラジオからは古い音楽――よく知っている、ずっと前すごく好きだった、けどタイトルがわからない歌が流れていた。誰だったっけと何度も考えているうち、彼はだんだん憂鬱になってきた。車を停めて彼は小さいドラッグストアに入り、クラッカー、コーヒー、タバコなんかを買って戻ってきた。コーヒーと一緒にあたふたとクラッカーをつまみ、タバコをくわえたとき、ラジオのＤＪが曲名を読み上げてくれたんだよ。はーい、フラワーズの、『いちご畑の少女たち』でしたー。そうだ、いちご畑の少女……だ。彼は煙を長く吐き出して、わけもなくクールガイに電話した。食事中だったクールガイは舌打ちをしながらアイザックの電話に出た。ごめん、あのなお前、『いちご畑の野郎ども』って歌、覚えてるか？　何だよ……もごもご……この歌な、前にすごく流行っただろ。そして彼はメロディーを口ずさんだ。何だよそれとクールガイが叫んだ。『いちご畑の少女たち』じゃないか。そうだ、そうだな。いちご畑の、少女たち。あ……食事中にすまん。それと、ありがと、ありがとう。

もごもごといっしょに吐き出されたクールガイの「どういたしまして」を聞きながら、彼は電話を切った。そしてまたタバコを吸ったんだけど、あーあ、そのときになって彼は、自分が一七年前から禁煙してたってことを思い出したんだよ。どうなってんだ？　タバコを消しもしないで彼は茫然と窓の外を眺めた。忙しすぎたからか？　よく思い出せないこの何週間かのことを思い出そうとして彼はあがいた。そして、やっぱり忙しすぎたんだよと自分をなだめたんだね。それからまた彼は車を走らせていった。とはいっても自分の前立腺はびくともしてないし、サムみたいに髪が抜けたりも、クールガイみたいに難聴になったりもしてないじゃないか？　思いのほか慰めになってくれたタバコの煙の中で、アイザックはそんなことを思ってたのさ。そして突然、ワイっていう名前を思い出したんだ。昔タイで働いていたときにつきあってた女性の名前だよ。それからワイと関係のある記憶がずるずるとつながって、はっきり浮かび上がってきたんだね。例えば新しい靴を買ってやったときに嗅いだワイの足の匂いとか、彼女の弟のタイがよくはいていたリーバイスのことを一度に思い出したのさ。ようやく彼は心が落ち着いてきた。ピッツタウンの道路を走りながら、彼はタイにいたころのことを考えてた。そしたらまたおなかがすいてきたんだ。そうだ、忙しすぎたんだよ。庭に車を停めて彼は玄関に向かって歩いていった。いつも目にしている通りの、そのままのわが家。そしてその瞬間、あーあ、自分がレジ袋を「あちゃー」したってことに気づいたんだ。車に戻った彼はレジ袋を持ってまた玄関の方へ歩いていったのさ。なんだけど、その間に家のあかりが全部消えたんだよ。真っ暗になっちゃった。変だなと思いながら玄関に着いたんだけど、そのときまたああーっ、トヨタのドアを「あちゃー」したなと思ってレジ袋をそこにおろし、アイザックはまた車に戻った。こんどは彼の思った通りで、トヨタのドアはマジで開いてたんだよ。手探りでキーを差し込もうとすると今日一日のいやだったことが全部押し寄せてくるみたいで、だからいっそう力をこめてキーを回したんだね。ガッチャン、とドアが閉まる音が庭いっぱいに響きわたるぐらいに。それでやっと心を落ち着かせ、玄関に向かったというわけなんだ。ところが、なかったんだ。

何が？

何もかも。ほんとに何もかも。家もレジ袋も、庭もトヨタも。世界そのものが消えちゃってたんだ。それで？　それで小説は終わりさ。

変な終わり方だなあ。じゃあその瞬間、世界を「あちゃー」しちゃったってこと？　ま、そうかもね。でも読めば読むほど思うんだよ、その瞬間彼が世界を「あちゃー」したんじゃなくて、世界の方が彼を「あちゃー」しちゃったんじゃないかって……。モアイあのさ、そういえば僕も確かにそんなふうになったこと、あるみたい。僕今まで、そのこと「あちゃー」してたよ。よく聞いてね釘、ここに来てから僕、ずーっとそのこと考えてたんだ。どうして僕らなんだ？　って。答えは出そうにない。でも、僕なりの結論はこうなんだ。何だい？

君と僕は、世界に「あちゃー」された人間なんだよ。

他に理由がある？　僕らが対戦する人類の代表っていうのは、いってみれば人類が絶対に「あちゃー」しない人たちだよ。ワン・リーチンとかティモ・ボルみたいな選手たち……そんな選手の名前を人類が「あちゃー」するはずないじゃん？　つまりピンポンというものは、僕の考えでは、人類がうっかり「あちゃー」しちゃったものと、絶対「あちゃー」されないものとの戦争なんだ。生命は自らの意志によって自らを意志するっていうセクラテンの言葉が正しいなら、その意志を決定する最後の機会ってことだろ。それでずーっと僕、自分の意志について考えてみたんだ。人類に対する意志、人類がうっかり「あちゃー」しちゃったものとしての意志、にもかかわらず人類であるということの意志。それってどういう意志？

そんなの、

あるわけないじゃないか。僕もそう思うんだ。だからなおさら気が楽になったんだ。どうせ勝つわけもないし……だってレベル自体がお話にならないんだから……ワン・リーチンとかティモ・ボルみたいなすごい選手が人類を滅ぼすわけもないし。まあ、そういやそうだな。額の釘穴みたいなところにその瞬間、ペパーミントみたいなものが流れ込んできたような感じだった。軽くて、いい気持ち。いちご畑の少女たちみたいに僕らは卓球界の真ん中に座り込んでいた。

インストール、終わったよ。

ふーっと息をしながらセクラテンが近づいてきた。疲れているらしく、触手がいくつか垂れており、間違いなく汗、みたいなものが顔いっぱいに流れていた。インストール、ですか？　卓球界のモニターにキーボードなんかをつないでたんだよ。君たちがピンポンのプログラムを使わなくちゃいけないから。僕らが？　もちろん。これは君たちのピンポンなんだからね。たぶん〈ラリー〉にあったキーボードとマウスらしい。気をつけて見たことはないけど、確かにレジの下の木の引き出しの上に、よく似た感じのキーボードがあった、みたい、だった。鈍い起動音が卓球界の深いところから立ち上ってきて広がる。ウィンドウズ98だ。君たち、これだろ……どうせ君たちのためのシミュレーションみたいなもんだから、まあ私の気持ちだと思ってくれればいいよ。ありがとうございます。と僕らはこもごもつぶやいた。デスクトップ、みたいに見えるようになった卓球界のモニターは、それで、たった一つのアイコンが浮かんだ状態になっていた。ピンポン、だ。

まず君たちには、人類の歴史を見る権利がある。ツールは君らの方法でいいが、データの転送は卓球界の方式にのっとることになるだろう。たぶん君らは一瞬にして、人類がやってきたことすべてを見、感じることになるだろう。ジュースコアの歴史を——人類が創案した文明と文化を、哲学と芸術、科学と宗教を、知識と進化を、そしてほとんど同じだけの戦争と虐殺、侵略と征服、支配と迫害、偏見と傲慢、犯罪と暴力、無知と野望を経験するだろう。もしも人類のインストールとアンインストールを決定することになった場合、判断の助けになるようにね。

虐殺、ですか？　そう、虐殺。じゃあ、人類がやってきた虐殺の光景を全部、見るってことですか？　判断を下すためには全部知っとくべきじゃないかな？　それって……殺しまくってるところを、ですよね？　刺したり……焼いたり……めった切りにしちゃったり……そういうことでしょ。まあね……だけどそういうこと確かにやったんだからね。でも人類はそれと同程度の光、みたいなものも持ってるんじゃないの？　僕はしばらく卓球台のまわりをぐるぐると回った。モアイは本物のモアイみたいな姿勢で沈黙し、虚空を見つめているだけだった。それ……

やらなくちゃ、ダメですか？

見たく……ないんですよね。それは君の意志だ。いやならこのプロセスは飛ばしてもいいよ。僕は見ます、とモアイが言った。それもまた君の意志だよ。モニターに向かったモアイが黙々とピンポンを続けている。僕はすぐに席を立ってしまった。何も始まらないじゃん、と生徒会長の不満たらたらの声がかすかに聞こえてきた。もう伝わってるのさ、というセクラテンの声も聞こえた。そしてモアイがソファを蹴って立ち上がるスプリングの音を聞くことができた。怖かったけど、

僕は振り向いた。何も言わずにモアイが歩いていた。ついていこうかという気持ちがよぎったが、僕は身動きせずその場に立ち尽くしていた。モアイは歩き続けていく。歩いて歩いて遠ざかるほどにモアイは巨大化して——ついに、僕らが立っているところにまで巨大な影を落として座り込んだ。モアイは泣いていた。何を見たんだろう？　僕は心が痛いみたいでもあり、体が痛いみたいでもあった。すべてが——例えば地と天とかが——全部つながっていっしょに痛んでいるみたいな感じなんだ。悲しい共振。とても長い時間が、ものを言わない河みたいに卓球界の真ん中に流れていた。その河が海の入り口にでもさしかかったと思われるころ、モアイが戻ってきた。誰も、

何も言わなかった。

セクラテンは説明を続けた。人類の代表とは違って、君らには卓球界のインセンティブが与えられる。これを選べば非常に有利な場合もあることをよく覚えておいてくれ。インセンティブ、です

か？　もちろんその理由は当然ながら、この試合が実は一方的なものだからだ。君たちは戦力の差を克服するために援助を受けることができる。君たちが選んだ人たちに代理戦をしてもらうこともできるし、疲れたときに交代してもらうこともできるよ。ヒントを教えてあげよう。可能な限りその人たちを先に立てた方が有利だね。この試合は実はエネルギーの形態で競われるものだから、卓球界がくれるエネルギーが切れれば消滅しちゃうからね。乾電池みたいなものと思えばわかりやすいだろ。国籍のことなんかは考えなくていい。誰であっても意志疎通には問題がないからね。

じゃあ、誰に助けてもらうんですか？　偉大な人物、つまり人類界の偉人の中から君たちが一人ずつ選ぶことができる。もう一度モニターの前に座った僕らは、ピンポンにストックされた偉人たちの目録を閲覧することができた。いったい誰が誰やらわかんないほど偉人数は多く、問題は大多数の偉人を僕らが知らないという点だった。人類ってほんとに大変なもんだな……って感嘆はしたものの、何だか頭が痛くなってくる。僕らには議論が必要だった。

マザー・テレサはどう？　モアイが言った。不正なことは一切しなかった人だよね……でも卓球をするマザー・テレサを思い浮かべてみて、僕らは黙り込んだ。エジソンもアインシュタインも、卓球と結びつけた瞬間に難問と化してしまう。ふっとアレクサンドロス大王を思いついたけど、アレクサンドロス大王、卓球をやっただろうか？　と思うとやっぱり沈黙を守るしか。できるだけ現代の人物の方が有利じゃない？　その方がまだ卓球やってた可能性があるしとモアイが言う。僕は、自信がある第二次大戦史方面を中心に考えてみて悩んだ。チャーチルと卓球、ローズヴェルトと卓球……これじゃ……ないよな……。卓球界のリストから漏れている偉人も多い。そしてついにはガンジーと卓球……釈迦なんてどうかな？　いってみれば、神、みたいなもんでしょ。でも足がしびれちゃってるから立てるかな？　じゃあトルストイと卓球……ジョン・レノンと卓球……と考えてきて、セクラテンにも意見を聞いてみた。ひょっとして卓球選手出身の偉人っていませんか？　それは私が干渉すべき問題じゃないんだよね。あああー、そうですか、とまた悩みが始まり、

なんで偉人は卓球をしないの？

と腹が立ってしまった。できなかったんだろとモアイが答える。人類って、卓球すること自体が不可能な構造なんだよ。どうしようもないので僕らはまた偉人のデータを隅々まで調べてみた。そして議論の末、二人の偉人を選んだ。僕が選んだのはラインホルト・メスナーで、モアイはマルコムXだった。世界の山々を制覇したメスナーならすばらしい選択ではないかと僕は思ったが、モアイの選択の理由はわからない。何で？　何となく。マルコムが誰なのかも知らないが、何となくロ

ボットみたいな名前で信頼できそうだからという。決定を下すと再びピンポンが進行しはじめた。僕らはやがて、卓球界の空間を歩いてくる二人の人間を、見た。

ラインホルト・メスナーとマルコムXだ。

巨大な偉人たちがだんだん小さくなってきて、ついにもともとの大きさになって僕らの前に到着した。助けてやろうか？　と、握手をしながらマルコムが尋ねる。なぜか胸がじーんとしたが、モアイも僕も泣かなかった。どちらからともなく、二人は同じ答えを返した。

ありがと、ありがとう。

昼の話は鳥が聞き、夜の話はネズミが聞く

やむを、えまい。説明を聞いた後、二人は腕組みをしたままうなずいた。何か決意表明みたいなことがあってもよさそうだが、二人はただちに練習に取り組んだ。冷静なまなざし、没頭している表情。でもいってみれば、実力は期待以下だった。卓球されたこと、あります？　いや、とメスナーが首を振った。マルコムの答えはもっと良かった。今やってんじゃん。

負けたな、と僕らは思った。ところで相手はどんな人物なのかね？　とメスナーが聞いた。正確なことはわかりませんが……人類の代表だと聞いています。人類・の・代表。と、マルコムが目をぱちくりさせた。ちょっと聞くが君らの意志はどっちなのだ？　つまり人類のインストール、あるいはアンインストールの二つの選択肢においてだ。えとですね、まだ決められないんですが。高校

生か？　中…学生、です。ふむ……とラケットを持つ手をおろしたマルコムはしばし憂愁に浸ってしまった。ピン、ポンと鳴っていた玉の音がそれで途切れた。

世界というところも不条理であったが、卓球界もまた不条理だな。何ゆえまた中学生が？　そして何ゆえに卓球？　何ゆえ人間が卓球によって審判されねばならない？　背後に何がある？　問いたいことがある、人間とは何だ？　君たちはそれについて考察してみたことがあるか？　あるのかね？　そして君たちは、真に黒人を愛することができるのか？　そうでないのなら、「真に」白人と闘うことなど可能なのか？　君たちは何者なのだ？　僕らはですね、

世界に「あちゃー」された人間なんです。

僕の考えでは……そうなんです、とマルコムの言葉を遮ったのはモアイだった。ですからたぶん人類の代表とは、世界が絶対に「あちゃー」しない性質のものじゃないかと思います、推測ですけど。「あちゃー」とは……いい言葉だ。「あちゃー」されたものは滅ぼされるのが必定だからな。全く、黒人のことだって同じだよ。だから……怪しいのはこの白人だよ、この白人。

時間がもったいないですよ。

というメスナーの忠告に従って僕らはまた練習を始めた。メスナーはいうまでもなく、マルコムXも運動神経はずば抜けていた。安定したフォームを自ら会得して、すぐに軽やかなスマッシュを試みる。お上手ですね。まあ……これぐらいはね。だが万一人類を滅ぼすことになったら、その後どうなるかはわかっているのかね？　とメスナーが聞いた。新しい種、新しい生態系をインストールするって聞きました。ほほう！　と手を挙げてマルコムが叫んだ。

練習は止めずに。と、黙々と球を拾いながらメスナーが答えた。ピン、ポン、ピン、ポン、と続くラリーの中で――メスナーは自分のことを話してくれた。こんなことを言ったら何ですが、私は人類が消えてしまった世界には慣れている方なのです。そうです、こんな気持ちになることがしょっちゅうありました。つまり、はるか遠くのどこかに、誰が何と言おうと人類は存在しているに違いないという気持ちです……人々は出勤し、子どもらは学校へ行き……そんな人類の日常がどこかに存在している、というね。しかしヒマラヤの岩壁、または吹雪の中では、そんなことは推測にすぎないと思うに至るのです。誰もがそう感じずにいられないでしょうね。結局のところこの地球は、実は人類とは何の関係もない場所だと悟るのです。好むと好まざるとによらず、それは人間にはいかんともしがたいことなのです。ですから実際、私は人類が消えることに対して大きな拒否感はありません。そういう……考え方なんですよ。問題は、なぜ我々が生きてきたのか、そして消えるとすればなぜ消えねばならないか、なぜピンポンが始まったのか、

それほどのものなのか？

ということですよ。私は実際に消えたもの――さっき「あちゃー」とも言っていたが――消えた生物を実際に見たことがありますよ。雪男、もしくはイエティとして知られている生物です。ローツェ（八五一一メートル）に登頂したときでしたが、一群の、そうです一群のイエティですよ、その瞬間その世界においては彼らが絶対大多数でした、もちろん私の頭は、人類がどこかにいるという認識を絶えずかみしめてはいるわけなんですが、文字通りそれは推測にすぎないのですからね。ええ、少なくともその世界ではですよ。

その年の一〇月、私は記者会見の席でこう言いました。山でイエティに会った。いつどこで会ったかは一〇年後に明らかにする。ええ、そのときはあの感情を伝える方法が、なかったんです。少数の個体としてイエティの群れと遭遇した気分をね。長いこと私はこの問題について考えてきまし

た。そして結局、あきらめることにしたのです。何というか、それは結局人類の「維持」と関連しているという結論を下しました。この世界とあの世界には、いってみればですがそれほどに厳格な区分があったのです。実は同じ地球なのに、です。

約束の一〇年が過ぎた後、私はイエティについて告白しました。私が見たのは熊だったと言いました。熊ですか？　熊なんです。熊は人間界の動物です。人間が知っているもの、人間が確認したものは結局、人間界に属することになるんです。時がたつにつれ、そうやって人間界は膨張に膨張を重ねていったんですね。宇宙のようにです。私の推測ではそうです。今や人間界も一個のピンポン玉ぐらいの大きさになったのではないか、宇宙の立場から見れば——目に見えない一個のピンポン玉が新たに観察されるのではないかということです。いずれにせよ宇宙は今、

その性質を

把握したがっているのではないでしょうか。思い出せばずっと前にチベットで会ったある賢者が、これと似た話をしてくれたことがありました。はるか昔のことで、そのときはあまり気にとめもしなかったけれど、確かにこんな感じの話でしたよ。どんな感じですか？　まさに、こんな感じ。ま

ぶしい世界に関する話でした。

さてどうです、うまくいってますか？

そのときセクラテンが近づいてきた。いうまでもないよ、と指を立ててマルコムが答えた。時間になりました。緊張している証拠のように、セクラテンの触手がまっすぐに立っていた。動揺を見せなかったメスナーとマルコムも、さっきまでとは全然違う表情だった。人類の代表が到着しました。ただちに試合準備をして下さい。卓球界のむこうの果てから、セクラテンの二人の息子が歩いてくる。双子の歩みはだらだらとのろくて、背中には巨大な箱が一つずつのっていた。ラケットを握った手に、自分でも気づかないうちに力が入り始めていた。ドライブでも習っておけばよかった、というモアイのささやきが釘みたいに、おでこのまん中に亀裂を走らせながら打ち込まれていく気分。こうなるとは……思わなかったじゃん、と僕もささやいた。人間が後悔するときって何でいつもこうなんだろうか。

思ったよりずっと小さな箱だった。みんな何とも言えない表情になったが、つきつめてみれば何か言えるような立場でもなかったんだ。マルコムとメスナーの気分はさらにそうだったらしい。箱

から出てきたのが
一匹のネズミと
一羽の鳥

だったから。彼らは、とセクラテンがまず口を開いた。スキナー・ボックスで育ったネズミと鳥です。おい……とマルコムが言葉をさえぎった。つまり、ネズミや鳥と卓球しろっていうのか？俺たちに？　え？　このマルコムXに？　彼らは、とセクラテンが言葉を続けた。生まれてこの方ずっと、餌をやると条件反射を起こすというテストを受けながら成長してきた存在なのです。生のほとんどを費やして、食べるために球を打ち続けてきました。それも正確に、望まれる条件をクリアしなければ餌をもらえないのです。休憩時間には教養科目としてテレビを見ることもできましたがね。正直いって困難な勝負になるでしょう。私でさえ彼らには勝てなかったのですから。

何だよそれ、と逆上しかけたマルコムも結局、試合に臨む姿勢をとった。セクラテンの助言に従い、まずメスナーとマルコムが出場し、その後を僕らがひきつぐことになった。セクラテンがサインを送ると双子たちが散っていった。どうやらボールボーイの役割を任されているらしい。支給されたラケットとボールを確かめて、オープンサーブ、1ゲーム11点制で7セット、4ゲーム勝ちで勝利、といった簡単なルールをセクラテンが説明した。そしてすぐに試合が始まった。何のためらいも、少しの遅れもなく

客観的に

ピンポンは始まった。モアイと僕はソファーに座って競技を観戦した。セクラテンは審判と点数板の管理を同時に担当した。得点を上げた方に触手が折れ曲がって、それがまた段階別に光を放つのだった。とんがっていない触手をぶるぶる震わせながら、生徒会長はまだどこかへ終わりのない電話をかけていた。

支離滅裂で

二目と見られない退屈なラリーだった。競技内容は初心者の練習試合以上でも以下でもない。ネズミと鳥が送ってくるサーブとレシーブはそれこそ正確で――とにかく失点せず、卓球台に球が当たればいいというだけの――ただもう平凡なものだった。球の速さもマルコムとメスナーの方がむ

しろ上だった。どれもこれも、誰もが楽に返せるような球だったから、僕らは首をかしげるしかなかった、あいつらがどうやってセクラテンに勝てたんだろうと。その謎が解けたのは、たぶん二時間ほど過ぎたころだった。

スコアは1対0。二時間かけてようやくネズミと鳥が一点リードした。いってみればどんなスマッシュを決めても、まるで機械みたいにレシーブしてくるのだ。早くもない球が、しかし同じところにいつも間違いなく落ちてくる。やっぱりすごく打ち返しやすい球だからこんなに延々とラリーが続くのだ。ついにマルコムがミスをした。床に落ちた、さっきようやく1対0の得点をたたき出したあの球が、まるで人生におけるすべての学校と職場で皆勤賞をとった怪物みたいに見えた。

ちょっと、とマルコムがタイムを申請した。その内容は聞こえなかったが、セクラテンの答えは聞こえた。ロボットではありません。あきれはてたという表情でマルコムが叫んだ、何か規則違反してんじゃないのか？　彼らは決して規則に違反していません。入り組んだ腹立たしげな表情で、マルコムをせせら笑うような――その瞬間、がりっ！　とネズミと鳥が餌をかんだ。得点に成功すると何らかの仕組みによって、彼らの前に餌が一粒落ちてくる装置なのだった。

おお

とマルコムは叫んだ。こりゃまた……なんて残酷なんだ。わかったぞ、どういう連中であるのかが。俺はこういう奴らといっぱい闘ってきたのだからな。審判の注意を受けたにもかかわらず、めがねをとってまた位置についたマルコムの表情は、完全に変化していた。まるで別人と錯覚するほど彼の表情は冷たく、冷静だった。やがて試合は再開された。

第一セットが終わったのはまる一日が過ぎた後だった。11対2でネズミと鳥が勝利した。ケータイの日付けが変わるのを見ながら僕はよだれを垂らしてしまった。はてしない眠りの水面に向けてバンジージャンプしろとでもいうように、眠気が降り注いでくる、そんな気分。卓球界に来てから空腹や眠さを感じたことはなかったが、それは肉体的な問題ではないということがわかった。これは僕一人のことではなかった、モアイもマルコムも何も言わなかった。僕らは、疲れていた。

地球上の山全部に登ったような気分だな、とメスナーが言った。おしゃべりはやめましょう。氷のような声でマルコムがささやいた。君は、ね、最大限……出番に備えて……わかるだろ？　そっと僕の肩に置かれたマルコムの手はけいれんしていた。そのけいれんで、この試合がどんなに熾烈なものか骨身にしみてわかった。第二セットが始まった。重い足どりで卓球台に向かいながらもマルコムはちらりとこちらを見て、寝ろ、というサインを送ってよこした。寝ない、わけに、いかなかった。

目が覚めたときは第三セットの真っ最中だった。第二セットもネズミと鳥の勝利で、第三セットもやはり圧倒的な点差でネズミと鳥がリードしていた。そしてその間にまた一日が過ぎていた。どれだけ長いラリーが続いたのか、マルコムとメスナーは世界レベルの選手に成長していた。いつのまにか体得したスピンはもちろん、世界選手権にも出られそうな連続スマッシュを駆使していたが、しかし球は、間違いなく平凡な速度で正確にやってきた。僕は怖かった。がりっ、と固い餌をかむ音が聞こえた。

第三セットが終わった。ケータイの電池も切れてかなり経っており、心の電源みたいなものもほとんど切れかけた感じ。がりっ、とまた餌をかむ音が卓球界に響き渡る。僕は耳をふさいで泣き出した。恐れるな、とメスナーが大きな手を僕の肩に置いてくれた。マルコムとメスナーの体からは、金属が酸化するときの匂いみたいなものが強く漂ってきた。セクラテンがすべての触手を光らせて第四セットの開始を告げた。再び卓球台に向かいながらマルコムがつぶやいた、アラーのみ心のままに……

ピンポンピンポンピンポンピンポンピンポンピンポンピンポンピンポンピンポンピンポンピンポンピンポンピンポンピンポンピンポンピンポンピンポン

ポンピンポンピンポンピンポンピンポンピンポンピンポンピンポンピンポンピンポンピンポンピンポンピンポンピンポンピンポンピンポンピンポンピン

ピンポンピンポンピンポンピンポンピンポンピンポンピンポンピンポンピンポンピンポンピンポンピンポンピンポンピンポンピンポンピンポンピンポ

ンポンピンポンピンポンピンポンピンポンピンポンピンポンピンポンピンポンピンポンピンポンピンポンピンポンピンポンピンポンピンポンピンポン

ピンポンピンポンピンポンピンポンピンポンピンポンピンポンピンポンピンポンピンポンピンポンピンポンピンポンピンポンピンポンピンポンピンポ

ンポンピンポンピンポンピンポンピンポンピンポンピンポンピンポンピンポンピンポンピンポンピンポンピンポンピンポンピンポンピンポンピンポン

ピンポンピンポンピンポンピンポンピンポンピンポンピンポンピンポンピンポンピンポンピンポンピンポンピンポンピンポンピンポンピンポンピン

ポンピンポンピンポンピンポンピンポンピンポンピンポンピンポンピンポンピンポンピンポンピンポンピンポンピンポンピンポンピンポンピンポ

ピンポンピンポンピンポンピンポンピンポンピンポンピンポンピンポンピンポンピンポンピンポンピンポンピンポンピンポンピンポンピンポンピン

ポンピンポンピンポンピンポンピンポンピンポンピンポンピンポンピンポンピンポンピンポンピンポンピンポンピンポンピンポンピンポンピンポン

ピンポンピンポンピンポンピンポンピンポンピンポンピンポンピンポンピンポンピンポンピンポンピンポンピンポンピンポンピンポンピンポンピ

ンピンポンピンポンピンポンピンポンピンポンピンポンピンポンピンポンピンポンピンポンピンポンピンポンピンポンピンポンピンポンピンポン

ピンポンピンポンピンポンピンポンピンポンピンポンピンポンピンポンピンポンピンポンピンポンピンポンピンポンピンポンピンポンピンポンピ

ポンピンポンピンポンピンポンピンポンピンポンピンポンピンポンピンポンピンポンピンポンピンポンピンポンピンポンピンポンピンポンピンポ

ンピンポンピンポンピンポンピンポンピンポンピンポンピンポンピンポンピンポンピンポンピンポンピンポンピンポンピンポンピ

ピンポンピンポンピンポンピンポンピンポンピンポンピンポンピンポンピンポンピンポンピンポンピンポンピンポンピンポンピン

ンポンピンポンピンポンピンポンピンポンピンポンピンポンピンポンピンポンピンポンピンポンピンポンピンポンピンポンピンポ

ンピンポンピンポンピンポンピンポンピンポンピンポンピンポンピンポンピンポンピンポンピンポンピンポンピンポンピンポンピ

ピンポンピンポンピンポンピンポンピンポンピンポンピンポンピンポンピンポンピンポンピンポンピンポンピンポンピンポンピン

ンポンピンポンピンポンピンポンピンポンピンポンピンポンピンポンピンポンピンポンピンポンピンポンピンポンピンポンピンポ

ピンポンピンポンピンポンピンポンピンポンピンポンピンポンピンポンピンポンピンポンピンポンピンポンピンポンピンポンピン

ンポンピンポンピンポンピンポンピンポンピンポンピンポンピンポンピンポンピンポンピンポンピンポンピンポンピンポンピンポ

ンピンポンピンポンピンポンピンポンピンポンピンポンピンポンピンポンピンポンピンポンピンポンピンポンピンポンピンポンピ

ピンポンピンポンピンポンピンポンピンポンピンポンピンポンピンポンピンポンピンポンピンポンピンポンピンポンピンポンピン

ンポンピンポンピンポンピンポンピンポンピンポンピンポンピンポンピンポンピンポンピンポンピンポンピンポンピンポンピンポ

ポンピンポンピンポンピンポンピンポンピンポンピンポンピンポンピンポンピンポンピンポンピンポンピンポンピンポンピンポン

ンピンポンピンポンピンポンピンポンピンポンピンポンピンポンピンポンピンポンピンポンピンポンピンポンピンポンピンポンピ

ピンポンピンポンピンポンピンポンピンポンピンポンピンポンピンポンピンポンピンポンピンポンピンポンピンポンピンポンピン

ポンピンポンピンポンピンポンピンポンピンポンピンポンピンポンピンポンピンポンピンポンピンポンピンポンピンポンピンポ

ポンピンポンピンポンピンポンピンポンピンポンピンポンピンポンピンポンピンポンピンポンピンポンピンポンピンポンピンポン

ンポンピン

ピンポン

ンポンピンポ

ンピンポンピン

ポンピンポンポ

ンポンピン

ピンポン

ンポンピンポ

ンピンポンピン

ポンピンポ

ンポンピン

ピンポン

ンポンピンポ

ンピンポンピン

ポンピンポ

ンポンピン

長く果てしない0対0だった。寝ても覚めても0対0で、ピンポンは限りなく続いていった。不思議にも涙が出てきた。僕はそれ以上ラリーを見ていることができなかった。ただ黙っていたかった……黙っていたかったのに……黙っておとなしく殴られているだけでもよかったのに……黙っておとなしく死んでもよかったのに……黙って真っ白な虚空を見上げて僕はわんわん泣いた。モアイの手がそっと僕の手を握ってくれた。地軸を通過してきたエスキモーの手のように、黙って、そんなふうに。

永遠のように感じられた0対0はしかし、ピン、という音とともに1対0に傾いた。メスナーの脇腹をそのまま通過した球は、小さく固い餌のように地面をコロンコロンと転がり、苦痛に満ちた表情でメスナーがタイムと叫んだ。腕が……上がらない。もう、だめみたいだ。ぼんやりとした水蒸気のようなものがメスナーの体から噴き出し始めた。マルコムにも同じ現象が起きていた。しかし首を横に振るより早く、マルコムがモアイの手を握りしめた。僕らはギュッとマルコムを抱きしめた。二人はだんだんぼんやりとかすんでいきつつあった。

かすんでしまう前に、もっとかすんでしまう前に——メスナーは向きを変えた。海抜八〇〇〇メートルの山頂みたいに卓球界の空気が稀薄になっていく感じがして、どすっ、どすっと重く鈍い足取りで、豪雪さながらにまぶしい卓球界の空間を、彼は越えていこうとしていた。がりっ、がりっ、とテーブルについて餌をかむネズミと鳥の前にメスナーは立ち止まった。がりっ、と餌をかむ人類の代表たちは、じろっとメスナーを見上げた。メスナーはかすかに笑った。

おいしいですか?

首をかしげてネズミと鳥は、さらにじろっとメスナーを見上げるだけだった。どうすべきか、と頭を落としてマルコムがつぶやいた。それが最後だった。二人はだんだんぼんやりとかすんでいき、燃焼したピンポン玉のように痕跡もとどめず消えてしまった。残ったのは結局、僕ら二人だけだ。首をすくめて僕は言葉なくラケットを見つめた。さあ、君たちの番だよ、というセクラテンの声がかすかに聞こえてくる。わかってます。僕はうなずいた。

このラケットを作った者の意志はどんなものだったのか?

僕と

モアイの意志とはどんなものだったのか?

人類の意志とは？

そして、原っぱと
うず高く積み上げられた角材と
あの場所の生態系と
限りなく青かったあの空を

僕は思い浮かべた。行こう。モアイが言った。そして僕らは卓球台の前に立った。私があげたあのボールを使ってもいいよ。再び簡単な規則を説明した後でセクラテンがつけ加えた。二個のボールを取り出して、僕らはそれをセクラテンに渡した。1対0とリードされた状態で、〈信和社〉のマークが捺されたボールで、ネズミのサーブで――ピンポンは再開された。触手を光らせたセクラテンがプレイボールを宣言する。僕らの、初の、公式の、試合だ。

昼が行き、夜が去り

そんな感じだった。月が満ち、また欠けたんだろうか？　どれだけ長い時間が流れたのか？　すでに感覚はマヒしており、ただ思いだけが、一つの思いだけが僕をもちこたえさせていた。僕は初めて一つの意見になった。失礼ですけど、こういう意見を持つに至ったんです。これが僕の意見なんです。ネットの向こうへボールを返すたび、僕は心の中でつぶやいた、それはまるで祈りのようだった、どんな言葉も聞いてくれないネズミと鳥に僕が伝えられるフォームといったら、それがすべてだったのだ。そしてまた昼が来て夜が過ぎるまでラリーは続いた。〈信和社〉のボールが一個、ラリーのためにすり減り、使えなくなったことを憶えている。しだいに体全体が消えていくような気分になり、目の前がかすみはじめた。がりっと耳に響くあの音――豪雪のような絶望感が頭上から降り注いでくる――どす、どす、としきりに積もる雪に僕は両足をとられた。

そして、とつぜん

ボールが見えなくなった。あたりは静まりかえり、ボールが地面を転がる音、がりっという音も聞こえなくなった。必死に神経を集中させたが、ボールが来るようには思えない。まるで世界の終わりのようなその瞬間。あたたかい手と、すごく、す、ご、く、あたたかい腕がそのとき僕の肩を包んだ。モアイだった。何を言っているのか聞こえなかった、だが試合が終わったということを、そのとき、知った。

ごめん。と僕はささやいた。

も一度ピン、も一度ポン

目を開けた。

モアイの巨大顔面が僕を見つめているのが、かすかに見えた。そしてゆっくりと、雪が溶けるように意識が戻ってきた。ソファーだった。ソファーのふところで、ちょっと生臭い——エスキモーの奥さんの体臭みたいなものを僕は嗅いだ。彼女のおなかの中で、僕は小さなもぞもぞする胎児になったような気持ちだった。

大丈夫？　モアイが聞いた。僕はうなずいた。まだ視界はおぼろげだったけど、まぶしい純白の光源が感じられ、卓球界にいるということがわかった。卓球界はまだ消えていないのかと疑問だったけど、僕は何も言わなかった。ゆっくりと僕は体を起こした。

おめでとう。

セクラテンの声だった。おめで……たいん、ですか？　選択権を獲得したんだからね。という声が聞こえはしたが、その意味を考えることができない。いったい――いったいどうなったんです？　セットスコアは3対0。そして第四セットもやはり8対1で劣勢だった。結果はそうだ。ふと、モアイが棄権を申し立てたのかなと僕は思った。で……終わったんですか？　そうだよ、ネズミと鳥の死によって……。ネズミと鳥が死んだんですか？　死んだんだ。それで中止になったんだよ。何で、どうして死んだんです？

過労死だ。

ともあれ卓球界は君たちに選択権を与えることに決定した。正確な規定によるものではないが、結局そっちに意見が集中してね。じゃあ、これからどういうことになるんでしょ？　決定によるのみさ。さっき言ったように、人類をインストールしたままにしておくか、アンインストールするか……すなわち「ピンポン」の最後の局面が残されているだけだ。しばらく何も考えられなかった。僕は立ち上がり、かすんでいるそのあたりをぐるぐる歩いた。できることなら、目に見えない卓球界の、あの果てまで歩いていきたい気持ちだった。

まあ何にせよ、二人で議論しなくちゃいけないだろ？　セクラテンの声を背にして僕は歩き、また歩いた。そして座り込んだ。おぼろげな視界は目まぐるしく乱れ、奇妙なぐらいしきりに涙が、出る。四一人と、一九三四人と、五万九二〇四人と、六〇億の顔のようなものが瞳孔を通して流入してくるような気分だ。そして僕は、目がからっぽの地球になっちゃったような感じで卓球台のところに戻ってきた。泣いたの？　モアイがささやいた。泣いてないよと、僕は答えた。

僕らは何も言わなかった。不思議だけど、どんな議論も不可能だと思ったんだ。代わりに僕はセクラテンに問いかけた。除去したら……その後はどうなるんですか？　まず人類がアンインストールされて、生態系はまた「無」に戻るだろう。けれども君たち二人はなお、地球に残ることになる。成長して、最後の人類として寿命をまっとうするだろう。セックスはできるだろうけど、この二人じゃ出産は不可能だからね。それじゃ都市とか……文明とかは……ああいう、山ほどある物質たちは？　君たちが生存している間は大きな変化はないだろう。そして、何にせよいずれ消滅するだろう。それは地球が消化すべき問題だね。新しい生態系のためには、どのみち数万年、あるいは数十万年が必要になるから。

そのときには双子が新しい生命の起源になるだろう。あの子たちは私と同じく、いわばインストールプログラムのZIPファイルみたいなもんだから。そしたら人間って何だと思う？　君たちの体の中にはそれぞれ、細胞より多くの微生物が共存しているだろ。君は人間ってはてる？　ただ、僕らだけが残るんですね。ある意味ではそうだけど、違うともいえる。君は人間って何だと思う？　君たちの体の中にはそれぞれ、細胞より多くの微生物が共存しているだろ。彼らは人間ではないのか？　でなければ彼らは「あちゃー」されているのかな？　まあそうではあっても、君たち二人が残ると答えるのが正しいだろうね。じゃ……除去された人類はどうなるんですか？

どっかに

移動するんだね、何らかの情報という形になって……それは私が干渉するような問題ではないから、これ以上は答えてあげられないが。どこか……ですか？　そう、どこか。もちろん、肉体はここに残って分解されるだろう。臭気が発生するのは仕方がない、君たちもそれに耐えなくてはいけない。反対に……維持されるとしたら？

このままだ。

変わらずにね。

そしてセクラテンは口をつぐんだ。ソファーから立ち上がった僕はまた歩きはじめた。ざわざわ……モアイとセクラテンとのやりとりは、ずんぐりした胴の昆虫が背中にくっついてくるみたいだった。耳を傾けるというよりはじっとポケットに手をつっこんだまま、僕は卓球界の虚空を見つめているだけだった。

世界の日常が思い浮かんだ。いや、僕は思い浮かべようと努めた。世界とはどんなところだったかと。しかしすぐに――記憶を呼び戻すほどに、それは推測にすぎないということがわかった。そうだ、すべては推測にすぎない。僕は人類について何も知ってることがない。僕は何も、何も、何も、
と思うと指先に固い紙の感触があった。ゆっくりと引っ張り出してみると、それは手垢まみれの「家族娯楽館」の傍聴券だった。家族娯楽館……卓球界に来なかったら僕も、たぶん家族娯楽館の

スタジオに座っていたかもしれなかった。拍手しながら。高校生になり、成人になり、事故にあったり死んだりしなければ僕は僕なりに地味な家族の一チームを結成することもできただろう、かろうじてセレブレイションできたなら、僕もセレブレイション、できたなら。

誰かの意見を聞きたければそれも可能だ。過去の人物でも生きている人物でも……情報という形態で誰とでもつながれるからね。それと、ただちに決定を下すことが難しいなら時間をかけてもいい。人間の寿命なんて卓球界では一瞬にすぎないんだから。つまり老人になってから決めてもいいってことだ。どう？　と僕はモアイに聞いた。いや別に……とモアイは首を横に振った。チスの顔が思い浮かんだ。マリの顔が、また九ボルトの顔が……続けて思い浮かんだ。僕は、……ホ・チャム氏（司会者、俳優。「家族娯楽館」の司会を務めた）の意見を聞きたかった。

こんにちはホ・チャムです。これまでの経緯を聞いた後、そりゃまた困ったなという表情でホ・チャム氏は言った。それはだめですよね、私も一九八四年二月二日に初の番組をお送りしてから今まで三〇年以上、放送の世界でやってきました。それがどんなに大変なことか、おそらく想像もつかないでしょう。紆余曲折も多くてね。はい、放送で明らかにできないこともいっぱいありました。三〇年以上、スタッフは全員本気でベストを尽くしてきました、土曜日の午後六時、番組を見てくれた家族の皆さん全員に笑っていただけるよう、常に努力しています。みんながこんなふうに一生けんめい生きている……家族たちがですよ……そのことを必ず覚えていてくださるようにと、願います。

わかりました、と僕はうなずいた。

他の人たちの意見は聞きたくなかった。耳をふさいで座っているモアイの気持ちが、だから僕には想像がついた。僕はじっとあたりを見回した。果てしない純白の空間は、グラウンドの端っこみたいにまぶしく静かだった。歌が聴きたいな……セレブレイションを歌うクール・アンド・ザ・ギャングが見たいです。もちろん、とセクラテンがうなずき、すぐにモニターいっぱいに黒人の一団が、ヘイヘイヘイとかっこよくあらわれた。

Yahoo! This is your celebration
Yahoo! This is your celebration
Celebrate good times, come on! (Let's celebrate!)

Celebrate good times, come on! (Let's celebrate!)

Everyone around the world

Come on!

Yahoo! It's a celebration

Celebrate good times, come on! (Let's celebrate!)
Celebrate good times, come on! It's a celebration!

セレブレイションを歌うクール・アンド・ザ・ギャングを見ながら僕は涙を流した。どうだい、決められるかい？　セクラテンが聞いた。モアイと僕は互いの顔を見た。言葉はなかったが、不思議なことに僕らはお互いの考えがわかった。さっきも言ったが、もっと時間をかけてもいいんだよ。セクラテンがささやいた。どうする？　僕はモアイに聞いた。たぶん

高校生なんかなって腐っちゃったら

今と同じようには考えられないだろうな。僕もそう思う。そして僕らは並んで、セクラテンの前に立った。じっと僕らを見つめていたセクラテンが首をかしげて聞いた。アンインストール？

僕らはうなずいた。

カモン、セレブレイション！

　僕らはいっしょに原っぱで目を覚ました。相変わらずうず高く積まれた角材と砂山、そして遠くの方には店舗併設マンションが一目で見渡せた。卓球台もソファーも見えず、僕らは卓球界が消えたという事実を悟った。ものすごく静かな、静かな、世界だった。

これでよかったのかな？

原っぱの果てを眺めながら僕は聞いた。モアイは何とも答えなかった。

これから、どうする？

家族娯楽館の傍聴券をちぎりながら、僕はまた尋ねた。
スプーン曲げをがんばりながら……生きていこうかと思って。
君は？　とモアイが聞いた。
何度も考えてみたすえに
僕はようやく口を開くことができた。
学校、行ってみる。
連絡とりあおうな。
うん。

そうして僕らは別れた。原っぱの果てを目指して歩いていくモアイに僕は手を振り、その姿が見えなくなったころ、きびすを返した。ピンポン、と軽やかな音が心を震わせるほど、草原の空気は爽やかだった。ゆっくりと

僕は、学校目指して歩きはじめた。

あとがき

近くの卓球場に行ってごらん

二人の中学生の物語を思いついたのは二年前の夏のある日のことだった。生きていくうえで何も問題はなく、いや、ないというよりは――いつもそうであるように、ま、そういうもんじゃん？というような夏の日だったのだ。ラジオからはジョン・デンバーとプラシド・ドミンゴの『パーハップス・ラブ』が流れていた。それだけだった。そして、暑かった。

一三世紀にも一九世紀にも、そんな夏の日があっただろうな。

都市のどこかでは力のない人々が痛めつけられて死に、世界のどこかでは力のない民族が爆撃を受けている。そして僕には、何事もない。ここにはとくに問題がない――おそらくそんなシチュエーション。

紀元前にも一八世紀にも、そんな夏の日があっただろう。

退屈な感じがした。いってみれば、ここで

僕らはあまりにも長く生きすぎた。

二〇世紀には大きな戦争が二度あった。二〇世紀に人類はイデオロギーを作った。二〇世紀に
ジョン・デンバーとプラシド・ドミンゴは『パーハップス・ラブ』を歌い、二〇世紀に僕は中学生
だった。

人類の一時間目はそんなところだったんだと思う。

いってみれば、僕は生き延びた一人の中学生だ。

生き延びたからといって人類が大きく変わったわけではない。どこかで力のない人々が痛めつけられて死に、どこかで力のない民族が爆撃を受けている。『パーハップス・ラブ』なんて曲を何度

聞いたところで、世界のキーワードは弱肉強食のままだ。人類の二時間目は、生存じゃなくて残存だ。過去の人間はただ、残存しているだけなのだ。

相変わらず
結局、自分自身と
家族と
民族のために生きるふり、をしている。

そして
宗教を信じていれば充分だ。

充分か?

実のところ人類は最初から、生存してきたのではなく、残存してきたんだ。もしも人類が生存してきたのだったら、六〇億のうち誰かひとりぐらいはその理由を知っているはずだ。僕らがいったい、なぜ、生きているのかをだ。わけもわからないまま、いってみればここで僕たちはあまりにも長いこと残存しすぎた。

精神が決して力に勝てないここで
犠牲者たちが利己的な人間に絶対勝てないここで

ことはどこか。残っている我々とは
誰なのか？

つまるところ人間の問題は人間の問題でしかないと思う。同じように、神さまにも神さまの問題があるだろう。友だちの奥さんと遊んで友だちにばれちゃったとか、または六〜七時間目の授業が進行中だとか、そういうような。

つまるところ地球上の人間は二種類だけだ。
閉じ込められたままの人間と、しばらくここにいるだけの人間。

閉じ込められていることも

しばらくここにいることも
結局はあなたの選択だ。

イデアとは結局
アイディアにすぎないのだから。

同じ理由で
人類の二時間目にも二つの選択肢がある。
今とは違う生物になるか
違う生物にバトンを渡すか。

最後に、あなたに謝りたい。
僕も残存してはいけない生物だった。
この生を生存と錯覚したまま
あなたを苦しめたこともあっただろう。
ごめんね、ごめんよ。

卓球をしながら、その罪をつぐなおうと思う。
シルバースプリングのピンポンマンのように。

二〇〇六年　秋

パク・ミンギュ

訳者あとがき

道を歩いていたら突然、目の前にピンポン玉が落ちてきた。

ぴん、ぽん、ぽん。

こんなときあなたならどうするだろう。しかもそこは周囲にほとんど建物がなく、空き地といってもいい場所なのだ。何でここにピンポン玉が？　誰もがそう思うだろう。本書の著者、パク・ミンギュもそう思った。そして彼はピンポン玉を拾い、ついでにこの小説を書いてしまった。

これは訳者が著者から聞いた実話である。ピンポン玉を拾い、不思議に思った著者が周囲を歩き回ってみると、三〇メートルほど離れたところに二階建ての建物があった。一階には小さな何でも屋さん、二階には何の会社かわからない事務所が入っていたという。二階に上がり、「ここでどなたかピンポンをやっていましたか？　これが落ちてきたんですが」と聞いてみると、社長のような人が「うちが入る前、ここは卓球場だったらしいですよ」と答えたのだそうだ。ちなみに本書に登場する韓国初の卓球用品メーカー「信和社」は、この会社の社名をそのままつけたということだ（漢字は適当な当て字）。

小説『ピンポン』はこんなきっかけで生まれた。

パク・ミンギュは一九六八年に、韓国の蔚山《ウルサン》という港町で生まれた。中央大学文芸創作科を卒業後、いくつかの職業を経て二〇〇三年に『三美スーパースターズ 最後のファンクラブ』でデビュー。二〇〇三年に同作で第八回ハンギョレ文学賞を、また『地球英雄伝説』で文学トンネ新人作家賞と、一年に二つの賞を受賞して話題をさらった。その後も新鮮な文体と奇想天外な展開で現代韓国の諸相を生き生きと描き、スター作家の地位を固めた。李箱《イサン》文学賞をはじめ著名な文学賞を総なめにし、今や押しも押されもしない韓国の代表的作家といえる。日本では二〇一四年に短篇集『カステラ』（ヒョン・ジェフン＋斎藤真理子訳・クレイン）と長篇『亡き王女のためのパヴァーヌ』（吉原育子訳・クオン）が翻訳出版され、『カステラ』は翌年に第一回日本翻訳大賞を受賞した。

『ピンポン』は二〇〇六年の発表で、長篇としては三作目にあたる。二人の中学生が地球の運命をピンポンで決めるというストーリーもさることながら、疾走感あふれる饒舌な独白文体や、せりふの一部を小さい文字で表す表記法なども韓国では斬新だったようで、インターネットの読書サイトには「読者を四次元の世界に招待する作品」「独特の想像力がギュッとつまっている」などの賛辞が並んでいる。

『ピンポン』の主人公、「釘《くぎ》」と「モアイ」はいじめの被害者だ。

韓国でもいじめ問題は深刻で、二〇〇四年に「いじめ予防及び対策に関する法律」が制定された。しかし問題は解決されず、二〇一一年一二月に、いじめを苦にして地方都市の中高生が自殺する事件が三件も続いた。これを契機に政府は「いじめ根絶総合対策」を発表、社会全体でいじめを根絶していく姿勢を強く訴えたが、同じころ保険会社には、誘拐・拉致犯罪・性犯罪から校内暴力やいじめによる肉体的・精神的被害までカバーする「子ども保険」への問い合わせが殺到していたという。

主人公の「釘」は、自分にはできることが何もない、特徴がないと言う。しかし読めばわかるとおり、彼もモアイも自分の世界を持った十分に面白い子だ。それどころかかなりの哲人でもある。そういう子が生きづらい中学校という場の息苦しさは、日本とそう変わらない。一方、いじめっ子チスの人間操作術やうさの晴らし方は、韓国ノワール映画の主人公を見るかのよう。職場でのいじめや軍隊でのいじめが問題になる韓国で、チスは大人社会の弱い物いじめの構図を体現したような少年だ。

だがいじめは、手を下さない「多数のふり」の生徒たちの意志がなければ成り立たない。そのことを、二人の主人公はちゃんと知っている。さらに、いじめを振り切って生き延びても未来はあるのかと絶望している。そんなディストピアに一台の卓球台が割り込んできて、世界が変わっていく。『ピンポン』は、卓球界を牛耳るセクラテン、「ハレー彗星を待ち望む会」のメンバー、そしてモアイが語るジョン・メーソンの小説の主人公まで、ヘンな、いかれた人物でいっぱいだ。原色の万華鏡のような過剰な物語世界を、真っ白なピンポン玉がすっきりと回収する。

ラリーを続けながら二人は、公平な会話を、自分の意見を持つことを徐々に学んでいく。そういえば、この少年たちが家族に対して非常にクールな態度を保っているのもなかなかすてきだ。そして二人は唐突に、人類のインストールとアンインストールの選択という、究極の判断を任される。

著者はこの作品を書いている間、ずっと『王城の跡』という古い歌を聞いていたそうだ。一九二八年に発表された大ヒット曲で、高麗時代の城址を題材に、「城跡に夜が訪れ／月光だけが静かに輝く／廃墟にひそむわが思いは」……といった哀切な詩をマイナーコードに載せた、物悲しい名曲である。一九二八年当時の聴き手はおそらくここに、失われた母国を重ねていただろう。だがパク・ミンギュの聴き方は違っていた。彼がこの歌にほれ込んだのは、子ども時代にさかのぼる。「これを聞きながら、家も学校も消えて自分一人が廃墟に立ったところを想像し、そうなったらいいのになあと思い続けていた」んだそうである。そして、実際にこの歌をぶつぶつと口ずさみ、周りの大人に変な子だと思われていたのだとか。

また、〈卓球人〉セクラテンは、一九七〇年代に活躍したフランスの卓球選手 Jacques Secrétin（日本ではセクレタン、韓国ではスクレテンと表記することが多いが、原文での発音表記を尊重してセクラテンと訳出した）のことなのだが、これもまた著者の思い出による。中学時代テレビで偶然この選手を見て、神技に近いプレイと、ユーモアのある態度に魅了されたのだという。このように、著者自身の子ども時代の記憶が集まって、苦境に立つ現代の子どもたちを精一杯応援しているような――本書はそんな一冊だ。

子どもたちに寄せる著者の思い入れは、決して小さなものではない。

このあとがきを書いている二〇一七年三月、韓国ではセウォル号の船体引き揚げが行われている。ここからは著者の思いを伝えるために、セウォル号事件に関する彼の文章の一部を紹介したい。韓国という国そのものをセウォル号になぞらえて語る部分だ。

「日本が三十六年間運航してきた船だった。私たちが自力で購入した船ではなかった。一種の戦利品だった。戦勝国の米国は、軍政を通じて船のバラスト水を調節し、船の管理は、以前から操舵室と機関室で働いてきた船員たちに任された。（中略）積んで、積んで、さらに積んで……私たちはそれを奇跡だと思った。船はいつも統制され管理されてきた。二階の客室から三階の客室へ、そして四階の客室へと上がる階段はいつも狭くてぎゅうぎゅうだった。混雑する通路で、あるいは廊下で、私たちはいつも放送を聞いた。もっと豊かに生きよう、やればできるという放送だった。上にのぼるため、一つでも上の階に上がるために私たちは努力した。発展と繁栄は宗教になり、どうしてこんなに船が傾いているの？　と疑問の声をあげれば、従北（引用者注：朝鮮民主主義人民共和国への追従者の意）という名の異端に追い込まれなければならなかった。私たちは、生まれながらに傾いていなければならなかった国民だ」。

（『目の眩んだ者たちの国家』（キム・エラン他著、矢島暁子訳、新泉社）

補足すると、「奇跡だと思った」は、「漢江の奇跡」と呼ばれた六〇～七〇年代の経済成長を指す。また「以前から働いてきた船員たち」とは、植民地時代の政治家や実業家が解放後もそのまま韓国の中枢で働き続けたことを指す。

パク・ミンギュは、船の一番下の部屋に乗っていた人々、つまり一般庶民が自らの欲望を全開にしたとき、船の傾きが決定的になったのだと喝破する。政治のせいだけではない、国民自身にも原因があったのだと。そしてこう結論づける。

「そしてある日、この船によく似た一隻の船が沈没した。傾いていくその船で、沈んでいく子どもたちが、こんなことを言った。僕の救命胴衣を着なよ……、誰も既得権を放棄しない、放棄できない傾いた船で……そんなことを言ったのだ。私は、その言葉は死んでいった子どもたちが私たちにくれた最後のチャンスだと思う」。

釘・モアイチームと対戦して過労死したネズミと鳥も、〈やればできる〉のかけ声に追われて走り続けてきた人々の末裔なのではないだろうか。

大人になるには、この世を上手に生き延びるには、スキナー・ボックスで鍛えられ、目の前に投げられた餌に飛びつくしかない。一方、殴られてもお金をとられても餌をもらえない釘とモアイは、スキナー・ボックスとは縁を断った少数者だ。だからこそマルコムXとラインホルト・メスナーの助けを受けながら、鳥とネズミに対戦する資格を持つ。

先に、突然ピンポン玉が落ちてきたエピソードを紹介したが、著者あとがき「近くの卓球場に行ってごらん」には、ラジオから『パーハップス・ラブ』が流れているときにこの小説の構想を得たと書いてある。それはとあるカフェでのことだったらしい。『パーハップス・ラブ』を聴きながら何気なく窓の外を見た著者は、ふと「この景色の中で誰かが殴られていたら、すごい眺めだろうな」と感じた。そのとき、暴力をふるわれている中学生の姿が思い浮かんだのだという。

釘とモアイがたびたび出かける「メトロポリス」。そこは架空の複合施設で、既存の旧市街地を根こそぎ再開発して高級マンションや巨大ショッピングモールを備えたニュータウンの典型だ。しらじらと小ぎれいな街はしかし、何かを隠している。

突然空から降ってきたピンポン玉と、明るく見える街のどこかで殴られている中学生。それが作家の頭の中でぶつかり、はじけて生まれたのが本書だ。

翻訳にあたり、訳文チェックを行って下さった伊東順子さんと岸川秀実さん、推薦文を寄せて下さった松田青子さん、編集を担当して下さった白水社の藤波健さんと堀田真さんに御礼申し上げる。

二〇一七年三月

斎藤真理子

Uブックス版　訳者あとがき

『ピンポン』の単行本が二〇一七年に刊行されて以来、考えていたことがある。それは「韓国人にとって選択とは何か」というテーマだ。

韓国文学史上でたいへん重要とされている小説に、崔仁勲《チェイヌン》が一九六〇年に発表した『広場』がある。主人公は、朝鮮戦争の際の「釈放捕虜」と呼ばれる人だ。釈放捕虜とは、もともと朝鮮民主主義人民共和国（北朝鮮）の兵士だったが大韓民国で捕虜となり、休戦のときに釈放された人のことである。彼らには、北朝鮮への送還か、韓国に定住するかという選択肢が与えられ、かなりの人がこのときに南に定着した。しかしこのとき、北に帰りたくもないが南に定住したくもないと考える人々もごく少数だがいたのである。『広場』の主人公もその一人だった。彼らには第三の道として、インドなどの中立国へ行く選択肢が残された。

『広場』の主人公は南と北の両方で暮らしたことがあり、双方の実情をよく知っていた。その上で、北も南も選びたくなかったのである。だから最初は、中立国へ行く選択肢を救いだと思った。けれども、そこへ行ったら自分は本当に自由になれるのだろうか？　最終的に彼は、中立国行きの船には乗ったものの、上陸前に行方をくらましてしまう。何も選択しなかったともいえるし、選択しないことを選択したともいえる。いずれにせよ、その結果は生命にかかわるものとなった。

私には『ピンポン』を初めて読んだときから、釘《くぎ》とモアイが『広場』の主人公と似ているように思えて仕方がなかった。全く状況は違うけれども、個人には大きすぎる選択を不条理に強いられて立ち尽くす人間という点で、通じるものがあるのではないか。そんなことを考えつづけ、二〇二二年に『韓国文学の中心にあるもの』（イースト・プレス、二五年一月に増補新版が刊行）という本を書く際、『広場』と『ピンポン』を並べて言及した。

考えてみたら、朝鮮半島の人々こそ歴史の中で「あちゃー」されてきた人々だ。そして国が南北に分断されて以来、無理な選択を強いられ、選択の結果を引き受けなければならなかった人々でもある。こんな見方は『ピンポン』というチャーミングな小説に対して野暮かもしれないが、装いを新たにUブックスに収録されるにあたり、一つの読みの可能性として小声でお伝えしてみたい。

釘とモアイは、いためつけられていても、人間と世界について思考することをやめない。ジョン・メーソンのお話や「ハレー彗星を待ち望む会」や、何よりピンポンを通して、現状より少しでもましな可能性に向けて頭は常に動いている。『ピンポン』の躍動感は、常動する二人の思考が支えているのかもしれない。
なお、単行本の際には原文に則り、数え年で釘が十五歳、モアイが十六歳と表記したが、中学二年生だということがわかりやすいように、今回十四歳と十五歳に修正した。また、この機会に訳文を全面的に見直した。二〇一七年以来この本を愛読してくださった大勢の皆さんと、すてきな推薦文を寄せてくださった光浦靖子さんに御礼申し上げる。

斎藤真理子

二〇二五年三月一日

著者略歴

パク・ミンギュ

1968年、韓国・蔚山生まれ。中央大学文芸創作科を卒業後、いくつかの職業を経て、2003年に『三美スーパースターズ 最後のファンクラブ』（斎藤真理子訳）でデビューし、ハンギョレ文学賞、『地球英雄伝説』で文学トンネ新人作家賞をダブル受賞して話題を集める。その後も新鮮な文体と奇想天外な展開で現代韓国の諸相を生き生きと描き、人気作家の地位を確立する。韓国文学の最高峰、李箱文学賞をはじめ多数の文学賞を受賞し、韓国の代表的作家となる。2014年に短篇集『カステラ』（ヒョン・ジェフン・斎藤真理子訳）と長篇『亡き王女のためのパヴァーヌ』（吉原育子訳）が邦訳出版され、『カステラ』は第１回日本翻訳大賞を受賞。訳書は他に『短篇集ダブル サイドA』、『短篇集ダブル サイドB』（以上、斎藤真理子訳）がある。

訳者略歴

斎藤真理子（さいとう・まりこ）

翻訳家。パク・ミンギュ『カステラ』（共訳）で第１回日本翻訳大賞、チョ・ナムジュ他『ヒョンナムオッパへ』で〈韓国文学翻訳院〉翻訳大賞、ハン・ガン『別れを告げない』で第76回読売文学賞（研究・翻訳賞）受賞。訳書は他に、パク・ミンギュ『短篇集ダブル サイドA』、『短篇集ダブル サイドB』、ハン・ガン『すべての、白いものたちの』、パク・ソルメ『もう死んでいる十二人の女たちと』、ペ・スア『遠きにありて、ウルは遅れるだろう』、チョ・セヒ『こびとが打ち上げた小さなボール』、ファン・ジョンウン『ディディの傘』、チョン・イヒョン『優しい暴力の時代』、チョン・セラン『フィフティ・ピープル』、チョン・ミョングァン『鯨』、イ・ギホ『誰にでも親切な教会のお兄さんカン・ミノ』、チョ・ナムジュ『82年生まれ、キム・ジヨン』、李箱『翼　李箱作品集』など。著書『韓国文学の中心にあるもの』、『本の栞にぶら下がる』、『曇る眼鏡を拭きながら』（共著）、『隣の人々と出会う――韓国語と日本語のあいだ』がある。

本書は2017年に小社より刊行された。

白水uブックス　258

ピンポン

著　者　パク・ミンギュ
訳　者©斎藤真理子
発行者　岩堀雅己
発行所　株式会社 白水社

東京都千代田区神田小川町3-24
振替　00190-5-33228　〒101-0052
電話（03）3291-7811（営業部）
（03）3291-7821（編集部）
www.hakusuisha.co.jp

2025年2月15日　印刷
2025年3月10日　発行
本文印刷　株式会社三陽社
表紙印刷　クリエイティブ弥那
製　　本　誠製本株式会社
Printed in Japan

ISBN978-4-560-07258-5

乱丁・落丁本は送料小社負担にてお取り替えいたします。